ホテル王と秘密のメイド

ハイディ・ライス 作

加納亜依 訳

ハーレクイン・ロマンス

東京・ロンドン・トロント・パリ・ニューヨーク・アムステルダム
ハンブルク・ストックホルム・ミラノ・シドニー・マドリッド・ワルシャワ
ブダペスト・リオデジャネイロ・ルクセンブルク・フリブール・ムンバイ

HIDDEN HEIR WITH HIS HOUSEKEEPER

by Heidi Rice

Published by Harlequin Japan, a Division of K.K. HarperCollins Japan, 2024

ハイディ・ライス

USA トゥデイのベストセラー作家。ロンドンで生まれ育ち、2人の息子と夫、そして2匹のハムスターとともに現在もそこに暮らす。10代からずっと映画マニアであり、ロマンス中毒だという。イギリスの大衆紙デイリーメールと、そのアイルランド版姉妹紙で10年ものあいだ映画批評家として活躍。その後、理想の仕事だというロマンス小説家に転身することを決めた。

主要登場人物

ベアトリス・メドフォード……客室清掃員。愛称ビー。
キャサリン・ウルフ……ベアトリスの姉。愛称ケイティ。
ジャック・ウルフ……キャサリンの夫。
ヘンリー・メドフォード……ベアトリスの父親。
マルタ……ベアトリスの同僚。
メイソン・フォックス……ホテルチェーン経営者。愛称メイス。
ジョー・マッカーシー……メイソンの個人秘書。
ファブリツィオ・ロマーノ……ホテルの支配人。

1

メイソンは奇妙な偶然に唇をゆがめた。むだを廃した鋼とコンクリートの超モダンなこの娯楽の殿堂が、彼の育った薄汚い住みかのすぐそばだとは。

親指で眉に残る傷跡をこする——子供時代の癖で、あの穴ぐらには二度と戻るまいと必死に闘ってきた。笑みが軽蔑の念をおびる。

うぬぼれの強いあの連中の中には生き残りをかけて闘う厳しさを知る者はいない。その一方で、彼が心血を注いで築きあげたホテル帝国にはこのような社会貢献はつきものだが、かつてバーモンジーの貧民街でぎりぎりの暮らしをしながら味わった、アドレナリンがほとばしる興奮にははるかにおよばない。

もちろんバーモンジーは今やサザークのほかの地区と同じように再開発が進んで、少年だった彼を震えあがらせた不良たちはドラッグの過剰摂取で死んでいった。それでも、少なくともあの連中には人間的な魅力があった。特別な才能もない有名人の子弟、

メイソン・フォックスは長さが二メートル半もあるマホガニーのバーカウンターに立ち、生ぬるくなった一九五九年物のドンペリニョンのグラスを傾けていた。下のほうでは、ゲストがむだ話に興じ、一流シェフの手になる無料のカナッペをむさぼっているのが見える。洞穴のような倉庫跡が広がる空間で、フェイクの緑の枝葉で飾りたてて、カビのような匂いの——これは彼のつまらない意見だが——男性用コロンの新発売を知らせている。

テムズ川南岸のサウスバンクにあった旧発電所は、数年前に内部が解体・改装され、最終的にこの見事なエンターテイメント会場に生まれ変わった。

スーツ姿のビジネスマン、こんなイベントには必ず現れて脚光を浴びたがる連中とは違って。

彼は高級なフルートグラスをバーに置いた。そろそろベルグレイヴィアにある〈フォックス・グランド〉の無人のペントハウスか、タワーブリッジを見おろす〈フォックス・スイーツ〉の同じく誰もいないロフトのアパートメントに戻る時間だった。昔の最悪の日々を――かつて彼の人生をみじめにした不良たちを思い出し、感傷的になってしまった。

「新しい飲み物をお持ちしましょうか、サー？」バーテンダーの若者が気遣って尋ねる。

「いや、ありがとう、まだいい。それと、僕にはサーをつけなくていい」彼は答えた。

バーテンダーの若者は顔を赤らめ、作り笑いを浮かべた。だがそのとき、メイソンの左肩越しに何かを視界にとらえ、目を見開いた。

「わお」若者はつぶやき、うっとり見つめている。「実物のほうがはるかにすばらしい」

メイソンは振り返った。若者が見つめているのが誰であれ、さほど期待はしていなかった。彼ほどの男なら目を見張るような美女とのつき合いは当然ある。その経験からすれば、外見は過大に評価されがちで――個性がともなわないことが多かった。ところがそのとき、彼は目が離せなくなった。

頭の中が真っ白になり、鼓動がゆっくりになったかと思うと――いっきに猛烈な勢いで打ち始めた。すばらしいなどという言葉では足りない。

かすかに揺れる空色のドレスが繊細な体の曲線を包み、無数の小さなライトが照らし出す倉庫内に、特別にしつらえられたバルコニーで、ひときわ輝きを放っている。肌は見た目と同じく、柔らかで艶やかなのだろうか。巧みに頭頂部にまとめたブロンドのカールした髪に指をくぐらせてみたい衝動に駆られ、メイソンは腹を蹴られたような衝撃を受けた。

彼は両の拳をズボンのポケットに突っ込んだ。下卑た本能を満たせばもっと楽になるのだろうが、いくら彼でもひと目見ただけの相手にこれほど強烈な欲望を抱いたことはなかった。なぜなら、それはかつて自分がそうだった野生児を思い出させるからだ――いつもほかの人々の完璧に見える人生を外から眺めていた。

彼女の視線がメイソンをすんなりととらえた。まるでバーの向こうから見られているのに気づいたかのように。するとメイソンは繊細で完璧なまでに整った容貌を、たっぷりと視界に収めることができた。

なんてことだ。彼女は顔もほかの部分と同じく人目を引く。顔立ちは芸術作品を思わせ、目のまわりの抑えぎみの化粧が目をつぶらに見せ……奇妙なまでに無邪気に見せている。だがこれは見せかけに違いない。これほどまでに官能をたたえた女性が、自分の完璧すぎる容姿がこの場にいるすべての男たちを挑発していると、気づいていないわけがない。

彼女の舌先がひらめいて気遣わしげに唇を湿らせる。こんなにも暑くなければ、そのしぐさは愛らしく感じられたかもしれない。だがそのしぐさで彼の欲望はさらに募り、むさぼるような視線は彼女の唇に向かった。ふっくらと濡れてきらめく唇はキスを誘い、メイソンは砂漠でよりも強烈な渇きを覚えた。

彼はごくりと喉を動かし、息を吸い込んだ。ベルトの下が血で熱くなっていらだち、頭がくらくらする。知的能力の低下にもかかわらず、あるいはそのせいなのか、メイソンは視線をそらせないでいた。

すると雌鹿のような目が大きく見開かれ、メイソンの視線とついに絡まり、びくりと身じろぎした。

あれはなんだったのだろう。彼女がいくら女神のように見えても、もちろん二十歩も先からメイソンのみだらな心の内を読み取れるはずがない。メイソンがどう反応するか決めかねていると――彼女は向き直り、姿を消してしまった。数秒間、彼はマネキンのように突っ立ってさっきまで彼女がいた場所を見つめ、彼女が本当にいたのか――それともセックスに飢えた妄想の産物だったのか考え込んでいた。結局、一カ月以上も女性とのつき合いがなかったからだろう。思えば、デラが彼のもとに引っ越してきたいと騒ぎだして以来、ずっと独りでいた。

バーテンダーがささやく。「あんなにホットなのになぜアイス・クイーンと呼ばれてるんですかね」

「彼女は何者だ？」メイソンは尋ね、今度ばかりはセレブたちのゴシップに興味をそそられていた。

「あれは、ベアトリス・メドフォード、ヘンリー・メドフォード卿の娘です」つっかえながら答える。

メドフォードの娘？　本当か？　メドフォードは一応知っている。数年前メイソンが入ったメイフェアの会員制クラブで、何度か会ったことがある。上流階級のスノッブたちが入りびたる、長居は無用の場所だ。メドフォードはもったいぶった男で、大金を相続しながらほとんどすってしまったと聞いたが……。メイソンは安全な投資などないと知っている。いつ強烈なしっぺ返しを食らうかわからないからだ。

あれほど見事な女性が、メドフォードの薄汚れた貴族の家系から生まれてくることがありうるのか。

「ジャック・ウルフの義妹でもあります。数年前、二人は婚約していたんですが、彼は結局、姉のキャサリンと結婚して、タブロイド紙をずいぶんにぎわせました」バーテンダーはメイソンの質問に答える形で言葉を結んだ。

メイソンはバーの向こうの空間をじっと見つめた。ウルフか。ジャック・ウルフについてはメドフォードよりもよく知っている。彼らは似たような労働者階級の出身で、メイソンと同様、ウルフも抜け目のない野心家で、かつ冷酷なビジネスマンだった。少なくとも、結婚して子供を持つまではそうだったが、すぐに物腰が柔らかくなった。

ウルフの妻にも会ったことがある。素朴で、豊満で、力強い自然な美しさをそなえた女性で、明らかにウルフを虜にしたようだが、メイソンはキャサリン・ウルフが、自分がさっき頭の中で裸にしたばかりの女神と、生まれが同じ姉妹とは思えなかった。

「そうなのか？」彼はバーテンダーに言った。心穏やかではなかった。欲望が久しく感じたことのないような激しさでまだ体の中を駆けめぐっている。まだ十代で、人との触れ合いをセックスの中にしか求めていなかったころに戻ったようだ。

するとあの女神は貴族の娘というわけだ。

なるほど。あれは貴族の優雅さから来るものだったのか――富、特権、そして優越感は、彼をいつもいらつかせる。その一方で、獲物を追いつめるスリルを楽しむのは久しぶりだった。プリンセスの高慢の鼻をへし折ってやれば、今夜の楽しみを大いに盛りあげてくれる。バルコニーへと歩いていき、集まった人々を見渡す。彼女はすぐに見つかった。

倉庫内の照明が落ち、世界的に有名なＤＪが、洞穴のようなスペースの一番奥のステージからライブを始めた。メイソンはダンスフロアへと続く曲がりくねった金属製の階段をおりていった。ブロンドのシニョンが向かいの階段のほうに動いていく。彼女は出口に向かっているのか。

あの男は何者？　まるで貪欲に嚙み砕こうとするみたいに、じっと見つめてくる。

ベアトリス・メドフォードは有名デザイナーのドレスの裾をあげ、二階のバルコニーへと続く階段を駆けあがった。はっきりと怒りをあらわにするべきだった。バーのあの男はいったいなんの権利があって、彼女の体にいつまでも視線をさまよわせていたのだろう。男たちはいつも畏れ敬うまなざしを彼女に向けてくる。というのも、彼らの目にはきらびやかな称号や社会的地位、性別に関係のない犯すべからざる優雅さなどしか映っておらず、それらはみんな彼女の父親が作りあげた外見についてだけだった。

なのに彼女はまったく怒りを覚えていない――自分自身に正直になれば、実際には……興奮していた。

それは二つの理由からひどく奇妙なことだった。彼女は男性の注目を浴びたからといって興奮することもなく、自分の心には何も響いてこないとわかっていたからで、もう一つはここにいたいとも思わなかったからだ。彼女はただ父親の要求で、露出度の高いドレスと履き心地の悪い十二センチものハイヒールを身に着けているだけだった。

今夜のイベントで〝視線にさらされる〟ような責苦を父親から課されるがままにはなりたくなかった。なぜなら父親がスタイリストを雇い、莫大な費用をかけてデザイナーズドレスをまとわせ、カスケード・セントという男性用コロンの発表会に行かせようとした理由を、彼女はよく知っていたからだ。これは父親のヘンリー・メドフォードが娘を最もふさわしい億万長者と出会わせ、傾きかけた家の財政を立て直そうとする、必死の試みの一環なのだ。

今日の午後、書斎で、父親は娘に今夜〝注意を引くべき〟男のリストまで渡した――冷たく、反応をうかがうようににらみつけ、そこには娘を軽んじる冷酷なまでの計算高さがうかがえた。たとえ父親のさもしい意向に従うつもりはないにしても、とんでもないそのリストには、父親より年上の離婚歴が三度もある投資銀行家や、悪名高いサウスロンドンの公営団地育ちで、高級なブティックホテルの経営者でありながら、つき合った美女たちを資産を増やしてきたのと同じ容赦のないやり方で捨てると評判のホテル王も含まれていた。

彼女はため息をついて、会場にたくさんある秘密のバーの一つにたどりつくと、出口をふさいでいる混み合った人々を見つめた。今度ばかりは父親に〝ほっといて〟と言ってやるべきだった。姉のケイティが何年も前にそうしたように。父親に言われるがままに、土踏まずが痛くなるハイヒールや、体が透けて見えるドレスに身を包んでイベント会場に行かされるよりずっといい。そこは父親が近づくように言った、間違いなく彼とそっくりな男たちの〝注意を引く〟より、高級なアクセサリーを身に着けた人々の間に身を隠していたくなる場所なのに。

かつては父親を恐れていた……。十二歳のとき、父親がわめきちらして十六歳の姉を家から追い出すところをまのあたりにした。姉のケイティを助けるために何一つしてやれなかった自分が、ビーは今でもいとわしい。ビーは片隅で縮こまって両手を耳にあて、見ないふりをするだけで精いっぱいだった。

それでもこの数年で彼女にもわかった。父親がビーに用意したフィアンセをケイティに頼んで断ってもらって以来──なぜならビーはジャック・ウルフの強烈な個性に恐れをなしてしまったからだ──あれから聡明で美しく、すっかり自立した姉がビーの代わりにウルフと人生をともに歩むのを見てきた。姉はとっくに自分自身の人生を築いている。

それはもう父親の意向に従う必要はなく──金銭的に頼る必要もないことを意味していた。

もう父親を恐れてはいない──選択肢は彼女にある。ビーはこの二年、美容院やジム、あるいはローザンヌの教養学校で一緒だった、好きでもない友人たちと昼時に過ごすはずの午後に、ケイティが費用を出してくれた講座に通っていた。ビーは生まれながらに語学が得意で、耳は微妙な発音を聞き分け、頭は複雑な文法や動詞の変化に魅了されるほどだった。いつかその技能を生かして職業に就きたいと考えていたが、どうすればいいかまだわからなかった。

ケイティはもちろん妹に居場所を提供し、メイフエアにある自宅でジャックと幼い息子のルカと一緒に過ごそうと言ってくれた。それでも姉の思いやりを受け入れるには、ビーのプライドが邪魔をした。

あいにく、今夜は父親の傾いた財政を立て直せる手ごろな億万長者の気を引くつもりはないとわかっているので、はるかにノーと言いやすかった……。

いずれは父親の影響から抜け出す道を見つけてみせる。ビーは固く誓った。それでも自力でそうしなければならない。残念なことに、計画を立て、考え、さらにまた考えるのは、ビーの得意とするところだったが、直接行動に出ることはさほど多くなかった。レトロなディスコのビートにのって熱狂する、パーティ客でごったがえすバーを少しずつ進んでいく。

この場合考えられるのは……ビーは父親が手配した車でこのイベント会場に向かう間、自分を納得させてきた。最初に出会ったふさわしくない男性に声をかけて、自分の恋愛は父親の意向とは関係なく、それを操ろうとしても投資戦略にはうまく結びつかないと証明することだった。でも、あのバーの男に相手探しの手始めとして、燃えるような瞳で〝あなたの裸が見たい〟と言わんばかりの顔で迫れるとは思えず、ビーはすっかり怖じ気づいていた。

父親が娘の恋愛をコントロールしようとしたのも無理はなかった。ジャック・ウルフ以外、ビーにはちゃんとしたボーイフレンドがいなかったのだから――彼とベッドをともにする勇気も興味もなく、ケイティに代わりに後始末を頼んだくらいだった。

二十二歳でヴァージンで、実家暮らしのうえに、父に頼って生きているのが悔しかった――異なる五つの言語を学んでいても生きるすべにはなりえておらず――まだせっぱつまってはいなかったが。

彼女はバーの向こう側に着き、長い通路に入った。なぜあのバーの男の焼けつくような熱い視線に、あのとき本能的に逃げ出したくなったのだろう。

あの視線の強さがビーがデートしたほかの男性とは違って見えたからだろうか。

彼はとてもハンサムだったけれど、粗野で無骨な感じがした。長身で筋肉質な体が仕立てのよいデザイナーズスーツに完璧に映え、バーを支配していた。でも視線が何か得体の知れないものを秘めているようで、ひどく動揺させた――ビーのむき出しの肌の隅々まで焦がし、心臓の鼓動と脈拍が一つになって体が大きく脈打った。熱い視線にさらされ、その効果は驚くべきもので――性的な衝動まで感じた。あまりにも刺激的で、とても……多くのものを感じた。

ビーは歩くペースを落としたがまだ息が切れていた。だがそれ以上に、彼に完全にまいってしまったようだったのにも少しいらだっていた。

バーの男はビーに近づきもせず、うなずきかけもしなかった。ただ見つめてくるだけだった。

なのに、なぜ彼から逃げているのだろう。

これもまた彼女が自分の立場をわきまえていないことの一例なのか。人生に向き合っていないことの。

すると通路の向こう端に人影が現れ、ビーは腹部に脈打つ感覚を静めるために、熱く燃えるような肺に息を深く吸い込んだ。彼がビーのほうに歩いてくる。ビーの鼓動は跳ねあがり、猛烈な勢いで打った。

あの男だ。彼女を追ってきたのだろうか。

「やあ、ベアトリス」彼はつぶやいた。面白がっているようなよく響く声で、低音のビートが五感をかき乱す。「何を急いでいる？」

彼はビーの前で立ち止まり、クリーニングの洗剤と汗を含んだサンダルウッドの香りがわかるほど近くにいる。身長はどれくらいだろう。百七十二センチの彼女は、普段、男性を見あげる必要はなかった。しかし高いヒールを履いていても、彼はビーより十センチ近く高かった。

「どうして私の名を？　どこかで会ったかしら」そう尋ね、ビーは自分を蹴飛ばしたくなった。

なぜこうも尊大で、身構えたような言い方をしたのだろう。もちろん彼はビーを知っている――たいていの人々が二年前にジャックと別れた彼女のことを知っている。なぜならその数カ月後、元フィアンセはあっという間に彼女の姉と結婚し、あらゆるセレブのゴシップ欄やブログをにぎわせたのだから。

彼の官能的な唇が皮肉な笑みにゆがんだ。「僕たちはちゃんと自己紹介をしていない」彼は言ったが、ビーは彼が誰かわかっていた。一度見たら忘れられるはずがない。「バーテンダーによると、きみはメドフォードのアイス・クイーンだそうだが」

ビーはひるんだ。「私がその名をどんなに嫌っているか知りもしないで」そう言い返す。特に今回ほど事実からかけ離れていることはないのだから。ビーは今にも怒りをぶちまけそうになった。彼はくすくす笑い、深くかすれた声がビーの体を震わせる。

「ああ、別に意外じゃない」彼がささやく。「きみにはふさわしくないからな」ビーは頬が熱くなった。だがその言葉に応える前に、彼が言い添える。「なぜそんなふうに逃げるんだ？」

ビーは顔をしかめ、屈辱を噛みしめた。なぜ彼はバー越しに視線が合っただけで、ビーが恐れをなして逃げ出したくなったのを知っているのだろう。たとえヴァージンでも、普段は偽りの浮ついたセックスの女神役を演じ……セレブ担当の記者には〝メドフォードのアイス・クイーン〟と称されているのに。

「何が言いたいのかわからないわ」嘘をつくにしても、こう言うとき、思わず身を震わせたり、髪の生え際まで真っ赤になったりしなければ、もっと説得力があったかもしれない。

傷跡のある眉がつりあがった。「もちろんきみはわかっている。僕がきみをおびえさせたのかな？」

「おびえてなんか……いないわ」笑いにまぎらせようとしたが、心臓が胸から飛び出しそうな勢いで打っていてはそれも難しかった。

彼の皮肉な笑みがさらにはっきりしてきた。

ビーは完全に打ちのめされていた。「何が言いたいのか本当にわからないわ」なおも言い張ったが、ここがもう黙る潮時だった。ビーは唇をとがらせた。

「では自己紹介させてもらおう」彼がなめらかに言う。「メイソン・フォックスだ」

フォックス？　どこかで聞いた名だ。

すると思い出した。彼は磨けば光るダイヤモンドの原石のようなホテル王で、父親の今夜〝注意を引くべき〟億万長者のリストの一位を占めていた。

たび重なる衝撃に、ビーはさらに顔を赤らめた。残念なことに、彼が何者かわかっても、ビーの興奮はいっこうに静まらなかった。

ビーは彼が差し出した手をじっと見た。指は長く、驚くほどしなやかだが、指の関節に傷跡がある。手の甲に翼を広げた猛禽類のタトゥーが彫られていて、さらに興味がそそられた。ビーは咳払いをして握手をした。しないのは礼儀に反する気がした。

「ビー・メドフォードです」つぶやくように言い、労働で荒れた手のひらの感触がビーをさらに興奮で酔わせ、腕までがかすかに震えた。

「ビーだって？　きみには似合わないな」ひどくなれなれしげに言う。だがビーはすでに、彼はあまり礼儀にこだわらないという印象を受けていた。

「光栄です、ミスター・フォックス」ビーは言い、そっけない態度をとろうとした——だがよそよそしく手は離せず、興奮の震えは腕から胸へと伝わった。

ビーは強く引っぱって手を離した。

「本当に？」彼は尋ね、ビーの〝私はあなたを身近に感じても平気よ〟という態度は信じていないようだった。「だってその足首を骨折しそうなハイヒールできみが駆けだしたのを見て、きみは僕と近づきになるより怪我したほうがいいんだと思ったくらいだから」そう言いながら、ビーの靴を見る。

「それが私を追いかけてきた理由かしら？」なんとか尋ねたが、興奮の震えは下腹部にまで達していた。

「きみは認めるんだな」彼は言った。「バーで僕におびえて逃げ出したことを」

「その質問にはこの場で答えられないわ。私に不利に働きそうだから」

彼は声をあげて笑った。黒ずんだ瞳がきらめいて、初めて目まで笑っているところを見た。それはビーの下着の中まで震わせて奇妙な効果をもたらし、体を包み込むように広がっていった。なぜ彼はあまり笑わない印象を持ったのだろう。皮肉っぽい印象がついてまわったからだろうか。

彼は一方に頭を傾けた。すべてを見透かしたような視線がビーの頬を熱くする。でもこのときは混乱より興奮が先に立ち、ビーの心をさらにかき乱した。

「なぜ僕におびえるのかな？」再び尋ねたが、口調はなだめるようでもあり、好奇心をそそられているようでもあった。ビーは肩をすくめ、ヒールを見つめて時間を稼ごうとした。どう答えたらいいだろう。自分でも答えがわからないのに。

つま先を曲げると、足に痛みが走った。衝動的に、ビーは痛む足を靴から抜いた。まずほっと安堵し、解放感が続いて――一瞬にして意識がはっきりした。

もうメドフォードのアイス・クイーンでも、父親の操り人形である必要もない――まして、スタイリストがこの男の〝注意を引く〟ために選んだ足の痛くなるハイヒールを履く必要もない。

「このほうがずっといいわ」ビーはため息をついた。

「ハイヒールは悪魔の仕業ね」

ビーが顔をあげると、彼の長身の優位さがハイヒールの十センチ以上分増えたと気づいて、下腹部のめくるめく震えがさらに加速した。

「きみの言葉を信じよう」彼は言った。「僕は履いたことすらないが」

ビーは声をあげて笑った。その言い方が彼とあまりにかけ離れていたからだ。ビーがメイソン・フォックスについて知るわずかな情報からすれば、彼がこんなにも魅力的で、自分を卑下して見せたりするのはありえないことだった。ところが彼は拳をさっと彼女の顎の下に差し入れ、顔を上に向けた。彼の目が細まるにつれ、ビーの体を激しい熱気が貫いた。

「なぜ質問に答えないのかな」かすかにからかいを含んで彼が言う――まるでビーの答えは重要であっても、それが気に入るとは期待してないかのように。

「なぜ僕から逃げたんだ？」

ビーが身を引くと、彼は手をおろした。だが、かすかにのぞく彼の傷ついた表情をかいま見た気がして、ビーは真実を口走っていた。「あなたに見つめられて、まなざしに惹かれてしまったからよ」

彼の瞳に炎がひらめき、ビーは性の衝動に駆られていた。怖いほどに。厳密に言えば、彼が誰かわかった時点で、気持ちが引いてしまうはずだった。なのに体の震えがショーツの内にまで入り込んでいることからして、そんなことは起こらなかった。

「それがなぜ問題なのかな？」自分の欲しいものを知り、それを追い求めるのになんの気のとがめも感じない男の率直さで尋ねる。

それでも彼の傲慢さは、ビーにいつも欠けている自信を物語っていて、彼女の心を酔わせるものだった。すると突然、ビーはもう、父親の言いなりになって足の痛くなる靴を履くような、臆病なプリンセスにはなりたくないと思った。自分の欲望におびえる、メドフォードのアイス・クイーンにも。

長い間、波風の立つことを嫌い、自分のためでなく父親のために、このイベントに参加して男の気を引くよう、言いなりになっている娘にも。

その父親はここにはいない。ビーがフォックスに会ったことも、彼が……とてもセクシーだとわかったことも知る由もない。ならばなぜフォックスが父親のリストのトップにいたことが問題になるだろう。

メイソン・フォックスはビーをこんなにも興奮させ、いたたまれない気分にさせる初めての男性だった。自分の性の衝動を認める勇気もない彼女に、どうして自力で人生を築いて自分の未来を決めることができるだろう。明らかに彼がそうしてきたように。

「問題ないわ」いつの間にか、そう答えていた。「それ自体（ペル・セ）は」

「ペル・セとは？」彼は言い、からかうように片眉をつりあげた。それでも黒ずんだ瞳が悪魔のようにいたずらっぽく躍ってビーをさらに誘惑し、もっと思いきった、衝撃的で、みだらなことをしようとけしかける。それがついにビーをこれまでいた居心地のよい場所から永久に誘い出し――彼女をケイティのように大胆で勇気ある、冷静な女性に変えていた。

「ペル・セとはどういう意味かな？」彼がからかう。

「あなたが私に惹かれても問題ないという意味よ」ビーはなんとか言った。

そして身をすくめた。出すぎた言葉だっただろうか。必死で、ものほしげに聞こえただろうか。たぶん言葉だけでなく、男女の駆け引きの経験をもっと積むべきなのかもしれない。どの程度まで男性に身を任せていけばいいのかさえ、わからないのだから。

するとそのとき彼の瞳からからかいを含んだ光が消え、もっと激しい興奮を秘めたきらめきに変わった……。さらにもっとせっぱつまったものに。

この何事にも動じそうにない男を、ビーが動揺させたのだろうか。なぜそれがこんなにも強く感じられるのだろう。彼はビーの頭上の壁に手を突き、その中に彼女を閉じ込めた。彼の視線がビーの上をさまよい、ビーは自分には制御不能な力を解き放ってしまったのかとぼんやり考えた。

それでも彼の貫くような視線はビーを怖がらせるどころか、むしろ気持ちを高ぶらせた。特にシャツの開いた襟元からタトゥーの一部がのぞき──彼の首元が大きく脈打っているのを見たときには。彼もまた気持ちを高ぶらせている。

彼が顔を近づけてきて耳元でささやくと、ビーは喉をふさぐ熱い塊をごくりとのみくだした。

「ちなみに、ぼくは今すぐ、どうしようもなくきみにキスしたい、ベアトリス。これにはペル・セなどという言い訳はなしだ」

ビーはかすれた笑い声をもらした。長い間ずっと見つけられずにいた自信が五感にみなぎってきた。腕をあげ、彼の広い肩にまわし、彼のうなじに爪を這(は)わせると、彼が体を震わせるスリルを味わった。

「ちなみに」ビーはささやき返し、彼の顔を引き寄せた。「それなら、どうしてしないの？」

彼がくすりと笑う。ビーはスーパーヒーローになった気分で、彼のキスを受け入れた……。

彼の舌先がビーの唇を割って入り込み、愛撫(あいぶ)を執拗(しつよう)に繰り出す。ビーは本能的に口を開き、彼の舌に深く隅々まで探られると、心臓が猛烈な勢いで肋骨(ろっこつ)をたたいた……。アドレナリンが腿の奥で脈打ち、胸が熱く火照る。ビーは胸の先がとがる激しい痛みを和らげようと、必死で背中をそらした。

彼がビーの髪に指を差し入れて顔を支え、甘い責苦を続ける。ビーはこれほどまでに飽くことなく、やむことのない激しさでキスをむさぼられたことはなかった。それはビーを深く揺さぶり、たじろがせ、うっとりと酔わせた。それでもビーの舌は彼の舌と絡み合い、彼女も対等にキスを返していた。長くビーの内に封じ込まれていた情熱が解き放たれた。メドフォードのアイス・クイーンとはもう言わせない。

メイソンはベアトリス・メドフォードの唇から口をもぎ離した。脈拍は猛烈な勢いで打ち、欲望は体の内で荒れ狂い、歩くことも難しかった。

彼は物陰で驚くほど美しい女性の顔を探り、見開いた瞳の淡いブルーの虹彩（こうさい）に浮かぶ呆然（ぼうぜん）とした表情を見た。勝ち誇った気持ちとアドレナリンが体を駆けめぐる。彼と同じく彼女もキスに圧倒されたのだ。

予想外のことほど楽しいものはない。このベアトリス・メドフォードが、無邪気な笑みをたたえながら、この世で最も熱い唇の動きで応えるアイス・クイーンだったとは。その予想外の最たるものだ。彼はビーの頬を包み込み、親指で白く透きとおった肌をなぞった。見た目どおりの柔らかさと甘美さだ。

ビーがびくりと体を震わせ、肌が熱くなった。彼は笑みをもらした。とても感じやすくて、実際、信じられないほどだ――奇妙なまでに愛らしい。たとえこの大きく見開いた無垢（むく）な瞳が演技だったとしても――こんなにわかりやすいはずがない。特に、あんなにも情熱的にキスを返してくる社交界のプリンセスなど、いはしない。

「飲み物はどうかな？」彼はささやき、手のひらにビーの顔を包んでいる。彼は荒い息を整え、甘く、官能的で、癖になりそうなバニラの香りをかいだ。「向かいのバーで」そう言い添える。

人々の目につく場所に連れていくのは避けたかったが、欲望がはじける前にすぐにでも頭を冷やす必要があった――ナイトクラブの通路で彼女の服を脱がせるなどありえないことだった。

それでも、ビーが情熱にきらめく瞳を黒々と輝かせるのをやめてくれなければ、そんなに遠くまで歩いていけそうになかった。ビーが舌先で唇を湿すと、メイソンの下腹部が痛いほど脈打った。

「どこか……二人きりになれる場所に行けないかし

ら」ビーが言う。メイソンは一瞬頭が真っ白になり、欲望の痛みに襲われた。彼が言おうとも思ってなかった言葉で、彼女は思ったよりはるかに率直だった。

「僕の家は？」よく考えもせずに、彼は言っていた。二人きりの場所に行けば、誘惑に負けるとわかっていたはずだ。いつもはこんなに早く行動に移らない。それでも、ただ一度のキスで理性が吹き飛ばされたのは久しぶりだった。

「だが、それでは危険かもしれない」彼は言葉を継いだ。二人きりになるなら、どんな関係にするつもりなのかはっきりさせる必要がある。

ビーはまばたきをした。その目は情熱と決意を秘めた奇妙な興奮で、まだうつろだった。

「危険は望むところよ」ビーが言い、かすれたささやき声は天国を約束しているようで、これに応じなければ地獄に直行するようなものだと彼は確信した。

「わかった」彼は言い、ビーを腕にすくいあげた。

彼女は叫び声をあげた。「ミスター・フォックス、何をするの？」彼の肩にしがみついて言う。

「本気で言ってるのか、プリンセス？　僕たちが一線を越えようとしてると思わないのか」彼は尋ねた。息巻くビーを見て楽しんでいる——大いに。

彼は通路を下って出口に向かった。腕の中のビーが心地よく身をくねらせ、ドレスの背中はむき出しで、彼の体にまったく新しいレベルの拷問を加える。

「メイソン」ビーがいかめしい表情でにらみつけたが、彼の心拍数は少しも落ちなかった。「私を抱いて運ぶ必要はないわ……」

「あるとも。速いし、安全だ——きみは裸足（はだし）だからな」彼は言い、思考力が衰え始めているこんなときに、論理的な反論ができたことを喜んでいた。「それにきみが腕の中にいる感触が好きになりそうだ」

「本当に？」ビーは本気を疑う気持ちと驚きが半ばする奇妙な気分で尋ねた。なぜこんなに魅了されるのだろう。本心を言っているはずがないのに。

「ああ、そうとも」彼はちらりと下を見て、非常階段へのドアを背中で押して開けると、ビーが見つめているのに気づいた——熱心に——彼の鎖骨に彫られた有刺鉄線のタトゥーだ。昔は格好いいと思った。今はその趣味の悪いデザインを嫌うようになり、何年も消そうと考えていたが、ビーがじっと見ていると気づいて、やるべきリストからそれをはずした。

「もがくな」メイソンがさらに言う。「きみを落として、このすてきなヒップにあざをつけたくない」

ビーがむっとして彼の肩にまわした腕に力を込めると、彼はゆっくり階段をおりていった。

一階に着くと、彼はビーを抱きあげたままダンスフロアの熱狂の中に戻るしかなかった。DJはクラブのクラシック曲を流している。それでも彼女を抱えて人ごみの中を運ぶうち、人々が自分たちに気づいてカメラつき携帯が光っているのに気がついた。

「もうおろして」ビーの叫ぶ声が聞こえたが、言葉は音楽にのみ込まれてしまった。メイソンはおろしたくなかった。今は期待感に体が痛くなるほどで、ほとばしるアドレナリンの噴出を止めたくなかった。

ようやく建物の前庭にたどりつくと夜気に触れて——募る一方の問題含みの体の火照りに心地よかった。真新しいSUV車が姿を現し、駐車係の若者が飛び出してきて助手席側のドアをさっと開ける。

彼はようやくビーから手を放し、座席におろした。

「シートベルトを締めろ、ベアトリス」彼はビーを建物からずっと運んできたにもかかわらず、息も切らしていない。上着から財布を取り出し、五十ポンドのチップを駐車係に手渡す。「ありがとう」

「どういたしまして、ミスター・フォックス。すばらしい夜を」若者が言う。

ああ、そのつもりだとも。彼は思った。

2

メイソンはSUV車を〈フォックス・スイーツ〉の地下駐車場の専有スペースに入れた。期待と興奮に熱い血が体を駆けめぐる中、同乗者に目を向ける――ばかげた一夜の関係に応じた女、それだけだ。バーモンジーから十分間の道中、彼女は何も話さなかった。思うに、おそらく彼に応じた瞬間、軽率な決断をしてしまったと後悔しているのだろう。

メイソンは彼女の目に反抗的な輝きを見たが、それはいまだに熱く赤らむ高い頬骨と同じく魅力的だった。きらめくブルーの瞳は秘めた決意と……無垢(むく)な魅力をたたえて艶やかな輝きを放っている。

彼女が無垢であるはずがない。どう見ても二十代で、かつてジャック・ウルフと婚約していた。メイソンがウルフについて知ることと言えば、あの男は婚約者とベッドで相性がいいかどうか確かめもせず、結婚を申し込むようなタイプではないということだ。

「気が変わったなら家まで送っていくが」彼は突然言い、そんな自分に失望し、いらだった……。彼女がウルフのものだったと考えると嫉妬に駆られる。

なぜ気にする？　独占欲の強いタイプではないのに。女たちは経験を積んでいるほうがいいし、何が望みかわかっているほうがいい。彼もそれを与えられる。そう思えば、もちろん今夜は幸運に恵まれることになる。彼女がふっくらとした唇を噛(か)んでためらったときは、もうこんなことはないと思ったが。

「家には帰りたくない」彼女が言う。

メイソンはうなずき、欲求は頂点に達した。

車から降りると、間を置いて自分を落ち着かせる。もう未経験な若造ではないし、女たちに冷静さを失うことはない。どんなに魅力にあふれ、上品でも。

ビーはおそらく彼を少し粗野な男と思っただろう。普段つき合っている上流階級の男とは違って、ずっと低俗であけすけな男だと。もちろんビーがウルフと婚約していた事実は、彼女がつき合う基準をさげたのはこれが初めてではないということを意味している。彼は車の前をまわり込みながら顔をしかめた。

ウルフにこだわるのはやめろ。彼女はおまえよりはるかに上流階級の娘なんだ。いつからくだらない階級など気にするようになったんだ。メイソンは助手席側のドアに手を伸ばし、彼女のために開けようとした――彼もマナーくらい心得ている。するとドアがさっと開いて裸足の足がぬっと突き出した。

「待て」その足が冷たい、汚れたコンクリートに着く前に、メイソンはビーの前に進み出た。「そう急ぐな、プリンセス」

彼女の青くきらめく瞳がさっとメイソンの顔にすえられた。「私はプリンセスじゃないわ。ただの貴族の娘にすぎない。それもさほど立派でもないわ」

彼は苦笑した。笑わずにいられない。彼に説教をするときさえ、なぜこうも魅力的に見えるのだろう。

「了解」そう言うと、彼はうむを言わさずビーをシートから抱えあげた。

「メイソン、何をするの」エレベーターのほうに歩いていく彼に、ビーは言った。

「A地点からB地点へきみを運んでいるのさ」彼は答え、ビーの動揺した顔を見おろして笑みを浮かべると、さっきクラブで味わったすばらしい香りをもう一度胸いっぱい吸い込んだ。その香りは彼が育った場所近くの鉄道の高架下にあったカップケーキの店を思い出させた。毎週日曜日にそこに行き、店主のミセス・アーチャーを手伝い、小遣いをもらったり、売れ残りのカップケーキを食べたりしていた。

「はっきり言って……あなたは私を運んでいく必要

はないわ」うろたえた顔で言われると、彼はますますビーを意識してしまい、体が熱くなった。

「ああ、わかってる。だが僕はきみを抱いているのが好きなんだ」そう口にすると冗談とは思えなくなり、自分でも驚いた。ダンスフロアを横切りながら、彼はビーを腕に抱くのを楽しんでいた。柔らかで、いい香りがし、体をくねらせるからではなく――人込みで注目を集めるのが楽しかったからだ。今回ばかりは、人々が写真を撮るのが気にならなかった。なぜなら、みんなはベアトリス・メドフォードが彼のものであるかのように思っていたからだ……。

「あら、ありがとう」彼女はむっとした表情で、彼の褒め言葉も意に介していないようだ。

今度は彼が顔をしかめたが、それでもエレベーターのドアが開き、彼女とともに中に足を踏み入れた。

なぜ見ず知らずの人々に、ベアトリス・メドフォードとつき合っていると思われたかったのだろう。彼はつき合う女性で誰かを感心させる必要はなかった。ビーは彼のものでさえない。ありえない。

彼がビーをおろすと、彼女の裸足の足がエレベーターの贅沢なカーペットに着いた。

「それに、きみの足を汚したくないからさ」彼は言い添え、不作法な行為を言いつくろった。

「私の足はそんなにやわじゃないわ。でも、ありがとう、あなたの騎士道精神に感謝するわ」彼女は感謝というより、むしろ動揺しているように見えた。

騎士道精神だって？　その褒め言葉はまったく見当違いで、彼は自分でも面白がっているのかあきれているのかわからなかった。カードキーを読み取り機に押しあてペントハウスに向かう――そのつかの間、彼は気分を落ち着かせた。

それでもビーの礼儀正しい感謝の言葉は彼をいらだたせた。彼女を誤解していたのだろうか。五秒前には気づきもしなかった劣等感のせいで、彼の家に行こうと言ったとき期待感で輝いたように見えた彼女の表情は、すべて彼の思い込みだったのだろうか。

彼はペントハウスの居住階のボタンを押した。エレベーターがゆっくりと上昇していく。

ビーは大きく息を吸い込んだ。ガラス張りのエレベーターが地下の複合施設から動きだして、フォックス・グループが五年前に改築した古い埠頭のビルの外壁を上昇していく。眺めのよいエレベーターからロンドンの夜の街並みが一望できる。

テムズ川の向こうにはロンドン塔が見え、ユニオンジャックの赤と青の旗にスポットライトがあたり、手前には、何世紀もの歴史を誇るタワーブリッジが可動して開き、船が通って川をさかのぼっていく。

「なんて……すばらしいの」ビーが低い声で言う。

ここ数年でこの絶景には慣れてきたが、ビーの表情が明るく輝くにつれ、メイソンの胸に誇らしさと達成感がこみあげてきた。ここは彼の街で、二十年近く前はみじめさと暴力しかなかったが、今ではその歴史と優雅さが彼の人生の一部となっている。この息をのむ絶景こそ、彼が働いて手に入れたものだ。タワーブリッジの設計者であるホラス・ジョーンズにちなんで名づけられた、橋の隣の〈ジョーンズ・タワー・ホテル〉で、十四歳のとき年齢を偽ってベルボーイとして働き、初めてまともな職に就いたときから、彼はこの絶景を手に入れるために努力してきた。そして五年前、ホテルは〈フォックス・ジョーンズ・ホテル〉と名を変え、彼のものとなった。

「ああ、悪くない」彼は無頓着を装って言った。

ビーが肩越しに振り返って笑みを向けてくると、彼は心が揺さぶられた。彼女はほほ笑むとさらに魅力的だ。エレベーターが滑るように停止しても、メイソンは彼女から視線が離せなかった。

薄明かりにビーの火照った肌が映え、鎖骨の繊細なくぼみが脈打っているのが見える。クラブから出口に向かう間にアップにまとめたブロンドの髪がほつれて、後れ毛が首筋にまつわり、白鳥のように優雅な首筋を際立たせている。彼の視線は極薄のドレスの挑発的な襟ぐりにのぞく胸の谷間に注がれた。

あそこにキスしたらどんな味がするだろう。脈打つあの喉元に。濃厚な甘さが味わえるだろうか。真夏の午後のミセス・アーチャーのカップケーキみたいに。それとも新鮮で異国情緒たっぷりな味だろうか。ケーキに添えてくれたパイナップルジュースのように。セルリアンブルーの瞳がきらめいて決意と期待の色がはっきりとうかがえた。すると突然、彼は悟った。自分と同じ強さでビーは彼を求めている。

エレベーターの扉が開いても魔法は解けなかった。

メイソンは自分で設計した間仕切りの少ない贅沢なスペースに彼女を案内した。家具もまばらなその部屋はガラスの壁で周囲を覆われ、建物の最上階からテムズ川を一望できるテラスへと続いている。

「どうぞお先に、プリンセス」彼はささやいたが、からかいを含んだ呼びかけは声がかすれていた。

なぜなら、彼が目にしたのは、部屋に踏み入りながら靴をまだ手に握り、ドレスはぴったり体にまつわりついて、アイス・クイーンどころか、二人の相性のよさを確かめたがっている生身の女そのものの姿だったからだ。彼はジャケットを脱いで、革張りのソファにほうった。注文仕立てのジャケットが突然、拘束衣のようにきつく感じられた。シャツのカフスをはずし、袖をたくしあげてバーに向かった。今はまず気分を落ち着かせるほうが先だった。

「それで、きみは何にする、プリンセス?」メイソン・フォックスは、大いに期待を持たせる低い声で尋ねた。ビーには予測もつかないが、無視したくもなかった。彼にもてあそばれているのだろうか。もっと気をつけるべきだろうか。結局のところ、ビーは彼みたいな男と二人きりになったことがなかった。強引で、無骨で、自分が欲しいものを隠そうともしない男だ。そのうえ、ビーが彼について知っていることと言えば、父親から誘惑するように言われたことと、彼のキスが唇の感触以外何もかも忘れさせるパワーを持っていることだけだった。

それでも、彼から発せられる強力な性的魅力にもかかわらず、ビーはメイソン・フォックスには確固としたプライドがあると感じ取り、彼は人をだますようなことはしないと前向きな気分にしてくれる。たとえビーがすでに誘いに応じていたにしても。

もう二度も彼の腕に抱かれている。抵抗したにもかかわらず、ビーはアドレナリンが急上昇し、彼を感じて身を震わせる感覚が好きだった。礼儀作法など無視して当然と言わんばかりに、彼はビーを抱えて運んできた。ビーの体を生き生きさせ、同時に熱くけだるくもさせるこの活発なエネルギーは、前にケイティが話してくれたものだろうか。〝セックスは正しく経験すれば信じられないほどいいもの〟だと。姉はそう言って未経験の妹を納得させた。

それをこの男に感じるとは奇妙だった。なぜメイソン・フォックスのせいで性の衝動に目覚めたのだろう。たぶん、あまりにも圧倒的だったからだろう。アイス・クイーンを溶かすには十分な熱量だった――セックスなど不要だと信じ始めていた女にさえ。

一つ確かなことがある。彼が父親のリストに載っている男たちの一人であっても、もうどうでもよかった。なぜならビーは今夜の出来事を父親に話すつもりはなかったからだ。メイソン・フォックスとベッドをともにすることが――父親の窮状を救うためではなく――突然、究極の反抗のためのように感じられた。一度でも自分の性生活を主張してみる完璧な方法だと思えた。少なくともクラブではそうだった。彼に頼んでここに連れてきてもらうまでは……。

彼の視線がビーの口元に注がれていることに気づいた。「グラスにワインをお願い」緊張して唇を舌先で湿し、彼の視線が口元にさまようのを意識する。

「白か赤か？」

「あの……」その質問には戸惑った。アルコールはめったに口にしない。「白を」火がついたように体が熱く、何か冷たいものがいいと思ったからだ。

彼はうなずき、バーの下にある冷蔵庫を開けた。中には見るからに高価そうなワインのボトルが並んでいた。彼は一本を選び出し、ウエイターが使うようなごく小さなコルク抜きを使って栓を抜くと、脚の長いグラスに黄金色のワインを注いだ。

彼はそれをビーに渡し、自分もグラスに注いだ。

ビーはひと口飲んだ。新鮮なバターのような風味が舌の上ではじけた。「感想は？」彼がきく。

「おいしいわ」

「よかった」メイソンは自分のグラスをまわし、味見すると笑みを浮かべた。ビーはもうひと口飲み、手をしきりに動かしている。「モンラッシェのグラン・クリュ、特級ワインだ。味は保証する——隣の〈フォックス・ジョーンズ・ホテル〉のバーでは、一本千ポンド以上で売られている」

「まさか……」咳き込んで言う。「冗談でしょう」むせているビーの背中を、彼はそっとたたいた。

「本当だとも」彼は言い、笑みを浮かべた。

「ああ、まさか、私は今、少なくとも百ポンド分を喉につまらせたわけね」彼女は言った。

彼は声をあげて笑った。喉の奥から響く、豊かで、そのまれな笑い声に、ビーの胸は弾んだ。

「問題ない。ケースでまとめ買いしてるから」

「そんなの笑い話にもならないわ」ビーは言ったが、彼にほほ笑み返さずにいられなかった。

「それで、きみとジャック・ウルフは——どんな関係だったんだ？」彼は尋ね、話題が急に変わって、ビーにはまったくの不意打ちだった。「彼みたいな無頼漢にきみが一生束縛されるのは見るに堪えないからな」簡潔で冗談めかした口調でつけ加えたが、鋭いまなざしを隠そうともしない。

「ジャックは無頼漢じゃないわ」

「まだ未練があるのか」

「まさか、ありえないわ！」ビーが思わず口走ると、彼の官能的な唇がゆがんで、皮肉めいた、どこか得意げな笑みが浮かんだ。「彼に未練なんて、ありえない」ビーはあわてて自分の反応を言いつくろった。「とにかく、そんな気持ちはないわ。彼は姉のケイティと幸せな結婚をしているし、気力あふれる人で、ケイティもそう。だから二人はお似合いなのよ」

「では、なぜ彼と婚約したんだ」メイソンがきいた。

ビーはその立ち入った質問に憤怒に駆られ、怒りをぶちまけようとした。ところが返す言葉を見つける前に、彼がビーのほつれた髪を耳の後ろにかけた。親指が彼女の頬を滑りおり、肌を熱くして、脈打つ首筋をなでられて、怒りは和らいでいった。

苦しい息がビーの肺にわだかまり、彼はポケットに手を戻した。心の痛みはすでに去っていた。

我がもの顔の愛撫に混乱を深めるはずが、そのすべてがビーを活気づかせ、荒れ狂う脈動が腿の奥をきつく締めつける。ビーの視線は彼から離れなかった。よく思われる必要などないのに、なぜ彼の気持ちをこんなにもうかがっているのだろう。屈辱的な真実を明かさずにすむ答えを探そうとしているのも、そのせいかもしれない――父親を喜ばせるためにジャック・ウルフと婚約したという屈辱的な真実を。

「よく……わからないの」ビーは嘘をついた。「ジャックに言われるまま、イエスと答えていたの」

ビーは彼の探るようなまなざしから目をそらし、真実とはかけ離れた答えに、自分でもばつが悪かった。へたな返事を彼がどう思うか想像するにつけ、二人が歩んできた人生の違いをひしひしと感じた。メイソン・フォックスは自分の望み以外、誰の望みにも決して屈しない。一方で、ビーはいつも父親の言うとおりに安易な道を歩んできた。ケイティのように父親に抵抗するよりも従うほうがストレスが少ないからだ。ビーがそうしてきたと知ったら、この男はどう思うだろう。誰から聞いても、彼はどんなものにも恵まれず、必死で闘ってあらゆるものを手に入れてきたような男だから。一方で、ビーは特権階級に生まれ、どんなものもやすやすと与えられ、事実上、自分自身にはなんの価値もありはしない。

ビーはそれを変えようと計画を立て、語学力を磨けばいずれ道が開けると自分に言い聞かせてきたが、実際にはこの時点で、彼女の人生は人に踏みつけにされるだけのドアマットほどではないにしても、ただの影のような見せかけの存在にすぎなかった。

彼は無言でビーの答えに何も応じなかった。たぶんそれが嘘だとわかっているからだろう。ビーはすばらしいロンドンの街並みに目を向けると、ようやく身にひしひしと感じる臆病な気持ちと向き合った。

「彼にイエスと告げたとたん、それが途方もない間違いだとわかった」ビーは低い声でささやき、自分の選択のあさましい真実に目をそむけながらも、できるだけ正直になろうとした。「ジャックは私をむさぼろうとしただろうし、私は決して彼を満足させられないとわかっていた。彼のような男には私は物足りないだろうと」ビーはせわしなくまばたきし、哀れみの涙は流すまいとした――どうしようもなく自分がみじめになるからだ。

哀れな人生の責めを負うのはこの自分だけで、目に見える成果は何もあげていない。確かに、父親にはいじめられてばかりでも、とっくに父のもとから立ち去ることはできたはずだ。ケイティほどの勇気があれば。あるいはメイソン・フォックスのような意欲と野心があれば。彼はどんな困難に直面しても成功してみせると心に決めていたのだろう。

ビーは自分を見つめるメイソンに向き直った――エメラルドグリーンの瞳は情熱と決意に満ち、そのまなざしの強さが心をかき乱す。たとえこんな……こんな激しさを秘めてはいなかったとしても。

彼が見ているのは幻想で、もちろん――自分自身の人生をちゃんと歩んでいる、高貴な特権階級の女の幻だ。望みのない、意味あるものは何一つ身に着けていない、まがいものの女ではなく。

でもビーは一度だけ、過大な幻想や期待に応えてみたかった。メイソン・フォックスほどの男がビーの中に賞賛すべきものを見いだすのであれば、彼女もまた賞賛に値するもので応えられるかもしれない。

「どうしてきみはどんな男にも自分では物足りないと思うんだ、ベアトリス」彼が興味深げに尋ねる。

私は自分がまがいものだとわかっているからよ。

でも、それを直してみせる。今からでも。

ビーは半分残った高価なワインのグラスをバーに置いた。そして黒ずんだ、独占欲に満ちた視線を受け止めた。ビーはほほ笑み、自分を信じてくれる彼にどうしようもなく心を動かされていた。たとえ幻想にすぎなくても。そして約束を秘めて輝く、彼の瞳の金色の虹彩に魅了されていた。

彼はビーがこれまで行ったことのない、行きたいとも思わなかった場所に連れていってくれる。もうおびえた少女ではなく、大人の女性になれるなら。ずっとなりたかった女性に。

ビーはつま先立ちになって彼の頬を手で包み込んだ。彼の顎がこわばり、息を一つ吸い込む。一日経って伸びた髭が手のひらに心地よい。彼の目が切望に輝くと、ビーの下腹部で興奮がわき起こり、強烈な力強さをおびてくる。はっきりと目的を持って。

「もう一度キスしてくれる、メイソン？」

メイソンが戻そうとしたワインがバーからずり落ち、グラスが砕け散った。自分の持てる力の予想以上の大きさに、ビーは誇らしげな気分で胸が震えた。

彼の力強い両手がビーのヒップをつかんで引き寄せ、こわばった体にぴたりと押しつける。痛いほど硬くなったビーの胸の先端が彼の胸にこすれて、石鹸と男の香りが彼女を包んで酔わせた。

彼はビーの顎の下に拳を差し入れ、彼女の唇に顔を近づけた。ところが、そこでかすれる声をあげた。

「念のために言っておく、プリンセス」からかいを含んだその呼び名は愛撫のようで、彼の熱い吐息がビーの頬をかすめる。「きみにもう一度キスしたら、僕たちは止まらなくなるかもしれない」

ビーはごくりと喉を鳴らした。それはおびえる少女なら一度は肝に銘じたことのある警告だった。彼女は身の丈以上の何も知識のないものを解き放とうとしていた。だがこの瞬間、彼の警告はアドレナリンを急上昇させ、体の芯を痛いほど締めつけていた。

メイソン・フォックスはビーを求め、ビーも彼を求めていた。それが今重要なことだった。

だからビーはうなずいた。降参してもらすビーのすすり泣きを彼の口がとらえ、揺るぎない唇が貪欲にむさぼる。ビーは再び口を開いて彼のリードに任せたが、舌が絡み合うとビー自身もキスを深めていた。キスはせっぱつまったものとなり、すべてをむさぼるように性急で、同時に優しくもなった。ビーは彼の髪に指を差し入れ、さらに引き寄せたが――彼の渇望の激しさに五感はきりきり舞いをしていた。

彼はビーのヒップをつかんで体に押しつけると、ビーが与えた影響もあらわなこわばりに容赦なく気づかせ、隠そうともしない。

二人は息をつこうとしてあえぎ、彼の荒い息遣いがビーのもらすかすかな声と重なった。

彼は低く悪態をつき、ビーを腕の中に押しあげた。

「脚を僕の腰に巻きつけてくれ」かすれた声で言う。

ビーは言うとおりにした。彼が割れたグラスの破片からビーの裸足の足を守ってくれているのだと気づいて、どうしようもない感情の高まりを否定できなかった。ビーは彼の顔を包み込み、頬と顎、額にキスをし、唇に触れる彼の肌の感触と、かすれる息のささやきが好きだった。彼はビーを抱えて背後の廊下を進み、巨大な寝室に入った。部屋の向こうの一枚ガラスの大きなピクチャーウインドーからは、テムズ川の河口からロザーハイズやドックが見渡せた――その景色はロマンティックではないにしても、この建物前面の景色よりはもっと現実感があった。

彼がビーをおろすと、裸足のつま先が分厚いカーペットに沈み込んだ。「服を脱いでくれ、ベアトリス」彼が言い、かすれた命令の声はどうしようもないほど誘惑に満ちていた。

それでもあからさまな要求に、ビーはためらった。

これまでビーの裸を見た男はいない。人前だとどうしても自分の体が気になった。少年のような体型は有名デザイナーの服なら一番のモデルになれるかもしれない。でも平らな胸に、細いヒップ、やせたこの体つきを見たら、彼はがっかりしてあきれてしまわないだろうか。それでも彼女は無理にうなずいた。彼はビーに手を差し伸べたが、ビーは巧みに彼をかわした。「あなたも服を脱いで」彼女は言った。

二人とも裸になれば、自分をむき出しにする恥ずかしさは薄れるかもしれない。

彼は眉をつりあげ、声をあげて笑った。「了解、プリンセス」言葉はからかいを含んでいたが、彼がシャツのボタンをはずしにかかり、鎖骨に沿って描かれた有刺鉄線のタトゥーがあらわになると、ビーの恥じらいは薄れ、熱気の波に洗い流された。

彼はシャツを脱ぎ去り、ほうり投げた。

ああ……まさか。

エレベーターからの眺めがいくら壮観でも、メイソン・フォックスの裸の上半身にはかなわない。ビーの視線はくっきりと輪郭を描く筋肉をなぞっていた。胸毛が薄く覆う胸筋、腹筋は六つに割れ、ウエストバンドへと矢のように伸びている。そして無数の小さな傷跡、さらに二つのタトゥー——一つは粗雑で、もう一つは手が込んでいる——すべては彼が送ってきた楽しくもない人生を証拠立てている。

彼はズボンのボタンをはずし、黒いボクサーショーツをあらわにした。ビーは口の中が濡れてきて……下着が……すると彼の手が止まった。

「何を待っている?」彼は言い、口調はからかうようでも、切迫感でかすれる声を隠そうともしない。

「僕たちは一緒に脱ぐんじゃなかったのか?」

「ああ、そうね。もちろんよ」そう言うと、その冗談めかした挑発的な口調で、最後まで残っていた恥じらいは燃え尽きてしまった。ビーはぎこちない指の動きで有名デザイナーのドレス脇のファスナーを探りあて、ずりさげると、そこで間を置いた。メイソンは靴を蹴って脱ぎ、ズボンも脱ぎ捨てた。

「助けが必要かな?」彼は尋ね、歩み寄った。

ビーは身動きがとれず、うなずいた。

彼はさっと歓めいた笑みを浮かべ、指先一本でストラップを片方の肩からずらした。彼がもう一方のストラップをおろすと、ビーは身を震わせ、絹のドレスが体を滑って足元に折り重なった。ビーの体は震えたが、寒くなかった。寒いどころではなかった。

メイソンは一歩さがり、喉のつかえを払った。

「きみは美しい、ベアトリス」彼はささやき、声がとても豊かで賞賛に満ちていたので、ビーは生まれて初めて自分が美しいと感じられた。「きみの髪を……」念入りにまとめられたシニヨンに目を向ける。「一晩中くしゃくしゃにしてみたいと思っていた」

ビーは彼が許可を求めているかどうかもわからな

かったが、それでもうなずいた。専属のスタイリストが一時間以上かけて作りあげたヘアスタイルを、彼がくずすかと思うと、彼女はとてもうれしかった。

彼は最初のヘアピンを見つけると、引っぱって緩めた。もう一本、さらにもう一本。髪の房が絡んで落ちると、ビーはため息をもらした。

「頭を振って」言われるままにビーが従うと、髪が揺れて肩で跳ね、彼の視線がビーの顔と鎖骨を焦がし、ストラップレスブラに閉じ込められた胸のふくらみに注がれるのがはっきりとわかった。

彼が指先をくるりとまわす。「後ろを向いて」

再び、ビーは彼の指示に従い、欲望に黒ずんだ瞳に魅せられていた。背後に立つ大柄な体に集中する。その姿がガラスの壁に映って、抑えた明かりに照らし出されている。ブラがはずされ、ビーは身をこわばらせ、その音が静かな部屋に銃声のように響いた。

彼がレースのブラを取り去って、投げ捨てる。大きな手が背後から彼女の胸のふくらみを包み込んだ。固く荒れた手が火照った肌をなで、胸を締めつけ、興奮を高めていく。彼の力強い唇に脈打つ首筋をとらえられ、ビーはその愛撫に身をそらした。彼の指先がビーの柔らかな胸の先端をはさみ、荒いうめき声がもれた。ビーは自分がこんなにも感じやすいとは思わなかった。それでも彼はビーに次々と愛撫を繰り出し、誘惑するすべを心得ているようだった。

「きみ自身を見るんだ、ベアトリス」彼の声がかすれ、欲望がビーと同じく高まっているのがわかる。

ビーはガラスに映った女の姿を見つめ、束縛を解かれた奔放なその姿に衝撃を受けた。彼の手がビーのむき出しの胸を離れ、その下へと滑りおりていく。ビーは彼の背中に刻まれた猛禽類のタトゥーに気づき、そのデザインにうっとり見入った。その間にも、彼の指はショーツの中に入り込み、秘められた場所の濡れたひだを探りあてていた。

「きみはもうすっかり濡れている、ベアトリス」

「ええ」ビーは彼の確かな愛撫に身をよじり、あえぎはやがてうめき声になった。前かがみになって腕を伸ばし、彼の首に手をまわして、体を支える。今では息を切らし、切望にあえいでいた。

「お願い……」ビーは懇願した。彼はなおもビーをじらし、あおり続け、身を引いたかと思うと体をすり寄せ、熱く火照った肌に誘惑の手を休めない。

メイソンはビーの首筋にみだらな言葉をささやき、脈打つ体の中心には愛撫をほしいままにして、もう一方の手は硬くとがった胸の先端をもてあそんだ。

幾本もの快感の矢に貫かれ、熱気が体の芯で地獄の業火のように燃えさかる。

親指で押されるたびに快感の波が押し寄せ、間近なのにまだ先のような、巧みに渦を巻くその指先の動きがビーを瀬戸際まで追いつめ、それでも絶頂に達する前に後退して動きを止める。

「ああ……お願い」ビーは彼の髪をつかんできつく引き寄せ、さらに彼の手に手を重ねると、体の芯に募る緊張を解き放とうと必死になった。目の前に広がるめくるめく世界はぼんやりとはわかっても、自分にはどうにもならない。ビーは唇を噛んだ。彼はビーの心の内を見て取った。

「僕に任せてくれ」彼は言った。

喜びが体の芯に集中し――燃えあがって、輝き、すばらしかった――そして粉々に砕けて、果てしない高みへと押しあげられていく。ビーは強烈な喜びが絶頂に達すると叫び声をあげ、耳に吹きすさぶハリケーンのような彼の勝ち誇ったうなり声が響いた。

ビーは自分を解き放ち、彼のタトゥーに描かれた鳥のように、自由にはばたいていた。ようやく。

メイソンは強烈な切望に包まれ、ぐったりしたビーの体を腕にすくいあげるとベッドに運んだ。

3

ビーは満ち足りた気分で至福の海を漂っていた。メイソンが体の上に倒れ込んでいて、彼のこわばりが自分の中でまだはっきりと感じられる。

胸からふっと息がもれ、意識がすっかり戻ってくると——体のいろいろな部分に痛みを感じる。

感じる……新たな自分を、これまでとは違う、官能に満ちた喜びに目覚め、勇敢で大胆になった自分を。少なくとも、もっと自分らしくなれた気がする。ビーは天井に明滅する赤い小さな光に目を向けた。メイソンのたくましい肩越しに、夜空を横切っていく飛行機の明かりが見えたのだ。たぶんロンドン・シティ空港に向かっているのだろう。

意味もない観察をするうちに、ビーは至福の泡の中から居心地の悪い現実へと引きずり出されていた。メイソンの体をそっと押すと、彼が体を離し、ビーは身を縮めた……。彼がすっかり離れると、うめき声がもれた。ビーの上に起きあがり、表情は影になってわからないが、ビーの頬を手で包んで不安げな声で言う。「どうした、どこか痛むのか？」

ビーは首を振り、ばかげた涙がまぶたを刺した。彼の手を覆い、顔から引き離すと、喉にこみあげる感情にたじろいだ。痛かった。少し、でも最初だけ。

でもメイソンはビーをとても気遣い、彼女の苦痛によく配慮してくれた——ビーがなんの予測も準備もしていなかったことに。それがどんなに圧倒的で、なんの準備をしていなくても、ただ彼が自分の中に入ってくるのではなく、彼に自分をさらに与えることで、手をたずさえて互いを解き放ったとき、もっと強烈な解放感が得られた気がした。

なぜ自分の感情があんなにも強く感じられたのだろう。あんなにも不安定で、もろく。セックスを長く待ち望んではいても、決して自分からはありえないと思っていた。なのに彼から与えられたオルガスムは強烈ですばらしく、実際は大違いだった。

メイソンの肩から力が抜け、額と額が触れ合った。

「よかった」彼がささやく。ビーはごくりと喉を鳴らし、彼の気遣いを痛いほど感じた。

彼が体をまわしてビーから離れ、ベッドの端に座った。やがてビーに背を向けて立ちあがり、ショーツを拾いあげると、部屋の向こう端のドアまで歩いていく。ビーが急に恥ずかしくなってシーツをつかんで体を隠すと――彼は続き部屋の明かりをつけた。

ガラス張りのシャワー室とセラミックのタイルがちらりと見えて――彼の立派な体が視界いっぱいに飛び込んできた。肩甲骨にビーの爪が食い込んだ赤い跡が見え、背中の下にはケルト模様のタトゥーが続き、見事なヒップの筋肉をのぞかせて――彼はバスルームに姿を消すとドアを閉めた。

ビーはベッドに横たわって、湯がほとばしり、やがて止まるまで、その音に耳を澄ませていた。

ようやく彼が姿を現すまで、ビーは速まる鼓動に息が苦しくなり――何時間も経った気がした。

ありがたいことに彼はボクサーショーツをはいてくれていたが、ショーツの前のこわばりは明らかだった。彼はまだセックスに興味があるのだろうか。

彼が咳払いをした。「そこまでだ、ベアトリス」

ビーの視線が彼の顔に注がれる。

冗談めかした口調とは裏腹に、彼の顔はしかめっ面だった。ビーは罪悪感に駆られ――彼のショーツの前から目が離せずにいたのを見とがめられてしまい――鎖骨から頬までが赤く染まった。

ビーは彼のしかめっ面を意識し、彼がベッドの隣に腰をおろすと、彼の言葉の意味を考えた。

メイソンは自分がバスルームに行っている間に、ビーが服を着て出ていくと期待していたのだろうか。彼女は一夜限りの関係の作法など知らない。ビーはさっと体を起こし、シーツを胸にあてて握りしめた。なぜ彼がシャワーを浴びている間に姿を消さなかったのだろう。今は自分がどうしようもなく無知で無邪気な女に思えてきた。もう逃げ出す潮時だった。

「そろそろ行かないと」ビーはつぶやいた。それでもメイソンから体を引いて離れようとしたとき、彼はビーの腕をつかんだ。

「そう急ぐな、ベアトリス。質問がある」

「あら、どうぞ」何げなさを装って言ったが、ビーの顔は明らかに赤らんで、体が震えているのを気取られていた。「どんな……質問かしら？」

「どうしてヴァージンだと言わなかったんだ？」

「どうしてわかったの？」思わずそう口走っていた。

彼の視線が鋭さを増すと、ビーは自分をひっぱたきたくなった。なぜ嘘をついてとぼけなかったの？

秘密をあばかれた気がして、赤くなった顔はシーツでは隠せず、どうしようもなかった。

「思ったとおりだ」彼は言い、ビーの腕から手を離した。「本当だったんだな。僕がきみが初めてベッドをともにした男というわけだ」

ビーは必死で嘘をつこうとしたが、もうすっかり暴露されてしまったのに、このうえ嘘をつけば、さらに醜態をさらしてしまう気がした。

「ええ……そうよ。でも、大したことじゃないわ」

そうは言っても、もちろん、大したことだった。ひどく気まずい。無知で、未熟だと思われただろうか。

「なぜ僕なんだ？」声は優しいが、視線は鋭かった。

「ただ……以前はその気になれなくて。でも、あなたとなら……」ビーはそこでためらった。

彼が何を考えているのかわかりさえすれば。怒っているのだろうか。怖じ気づいているの？ 戸惑っている？　長く待ったはずなのに、よく知りもしない男と関係を持った事実が悲しいのか、奇妙だと思ったのか、それともただ哀れんでいるのだろうか。わからない。彼の表情がまったく読めないからだ。

「でも、僕となら……。なんだ？」彼が答えを促す。

ビーはその探るような視線から背を向けた。ドックランズの絶景が目の前に驚異の絨毯のように広がっていても――ビーが自分を愚かしくつまらない存在と思える気持ちを少しも和らげてはくれない。

彼はビーの顎に手をあて、自分のほうを向かせた。

「白状しろ、ベアトリス。僕が知りたいのはきみが元の婚約者と寝ないで、なぜ僕と寝たかだ」

ビーはそのとき、彼の声に刺があるのを感じた。なぜジャック・ウルフとの婚約にそんなに興味を持つのだろう。もう百万年も昔のように思えるのに。

彼の言うことがもっともであっても、ビーは彼にちゃんと答えられる自信がなかった。自分でも何一つ筋が通らない。なぜ今夜、彼の腕の中に飛び込んでいきたくなったのか、自分でも本当によくわからないのだから――これまで、ジャックやほかの男性に対して向こう見ずになったり、衝動的になったり、本当に興奮したりすることはなかったのに。

メイソンがなぜこんなにも警戒し、緊張しているのか、それさえわかればいいのに。

メイソンはビーをプリンセスと呼ぶのをやめた。最初はそう呼ばれるのがいやだったが、今ではそれが寂しかった。たとえからかっていただけとしても、その呼び名は楽しげで、冗談半分ではあっても親しみが感じられ、一瞬でも彼と対等な関係になれた気がしたからだ。ビーは自分の両手を見つめた。拳が白くなるほどシーツを握りしめている。人生でこれほど無力だと感じたことはない。そのほとんどを父親の支配下に置かれてきたのだから。ビーは肩をすくめたが、その動きははかなげで、ぎこちなかった。

「あなたといると安心できるのだと思う」声に出して言うとばかげて聞こえた。でもメイソンはビーを笑わなかった。「そして本気になってしまったの」彼に真実を話すつもりなら、ありったけの真実を話したほうがいいかもしれない。たとえ首筋を熱気が這いあがり、すぐに頬が真っ赤に火照ってきたとしても。「私がアイス・クイーンと呼ばれるのにはわけがあって、これがその理由よ」

彼の眉間のしわが深まった。「どんな理由だ?」

「要するに不感症なのよ」ようやくそう口にする。ところが、ビーに同意する代わりに、彼の黒い眉があがり、声をあげて笑った。「まさか、ベアトリス、誰がそんなことを言ったんだ……彼らが何者なのか知らないが」彼の視線がビーの体をかすめ、肌を熱くする。「そいつらは間違ってる。僕はきみほどセクシーで感じやすい女性に会ったことがない」

「本当に?」ビーは言ったが、彼の評価におかしなくらい喜んでいた。メイソンがビーの頬を包み込み、首に手をかけて抱き寄せると、額と額をくっつけた。彼の息遣いが聞こえ、緊張が高まり、それに応えて彼女の体がとろけていくのがわかる。あの甘美で、官能に満ちた刺激的な緊張が。十分足らず前に二人一緒に見事に解き放たれたばかりだった。

「本当だとも」彼はつぶやき、ビーにキスした。

キスは優しかったが、我がもの顔でむさぼるようでもあった。ビーの心臓は高鳴り、安堵感に頭がくらくらした。今起こったことがなんであれ、彼はビーを嫌ってはおらず、怒ってもいない……。

彼がキスを中断し、脈打つビーの鎖骨を親指でなで続け、ビーの腿の奥を熱く潤わせる。

「僕を選んでくれて光栄だ」彼はぶっきらぼうな言葉で驚かせ、ビーの胸の鼓動は肋骨にぶつかって痛いほど速まった。「今夜は泊まっていかないか」

ビーはすぐに返事ができず、ただうなずいた。

彼の率直な言葉に、ビーはどうしようもなく心を動かされていた。彼は簡単に自分の気持ちをあらわにしない男だと思っていたからだ。まして感謝の言葉など口にするとは思ってもみなかった。

「シャワーを浴びたらどうだ？」彼がきく。

ビーはまたうなずいた。彼が衣装部屋からバスローブを見つけてくれたが、ビーにはかなり大きかった。それでも裸の体が隠せるチャンスに感謝し、バスルームに駆け込むと、再び恥ずかしさがこみあげてきた。ビーはそこで時間をとると――なぜ胸がこんなにも苦しくなるのかは考えないようにした。

メイソンの反応はビーの予想とはまったく違った。彼はビーが怖がっているのをよく理解してくれていた――ビーは初めて自分を託す相手として彼を選んで本当によかったと思った。

ビーが寝室に戻ると、彼はベッドの上に手足を広げて横たわっていた。見るからに甘美な官能がよみがえり……。ビーはボクサーショーツの明らかなこわばりに視線が奪われた。危険この上なかった。

「今夜もできるかどうかわからないわ」そう認めながらも体が熱くなる。「痛みが少し残っていて」

彼が低く笑い、ざらつく笑い声がビーを魅了する。

「心配しなくていい。次の機会だってあるさ。いずれにしても避妊具の状態もあるから。僕がただ抱いていてあげようか。ドレッサーからTシャツを取ってくるといい。僕が妙な気を起こさないように」

「そうさせてもらうわ」ビーは笑みを浮かべ、彼の気遣いにまた温かな気持ちがこみあげてきた。

体の主要な部分はみんな隠れる大判のTシャツを見つけると、ビーはベッドにあがり、メイソンが彼女を抱き寄せる。ビーは彼のぬくもりでリラックスし、松の香りがする石鹸（せっけん）の匂いを吸い込んだ。だが
そのとき、さっき彼の言った言葉が気になった。

「〝避妊具の状態〟って、どういうこと？」

ふとメイソンの指の動きが止まった。さっきまでビーの腕をなで、あらゆる興味深い感覚を引き出してくれていたのに。彼は咳払いをした。ビーが振り向くと、メイソンがじっと彼女を見つめている。

「思った以上に古いものだとわかった。きみは僕が初めてここに連れてきた女性で……」メイソンがかすかに身じろぎし、もしビーが彼をもっとよく知っていたら、ばつが悪そうにしているとすぐわかっただろう。「実際、そうなんだ。四年前、引っ越してきたとき引き出しにしまっておいたのだと思う」

ビーは胸で腕を組み、気がとがめているメイソンをむしろ楽しんでいた。これはヴァージンだと教えなかったビーへの仕返しだろうか。「四年前?」

ビーが〝初めてここに連れてきた女性〟? なぜこの言葉がこんなにうれしく感じられるのだろう。

「製造年月日を確認すればよかったんだが、きみがどうしようもなく欲しくて……」

ビーは笑みを浮かべた。そうせずにいられなかった——どんどんよい方向に進んでいる。「そうね、二人でまたこうしていられるなら……」そこで間を置き、自分が本当に心から彼を求めていると悟った。

二人に未来はなかった。二人はあまりにも違いすぎていて、ビーは彼が足を踏み入れた社交界から離れようとしていた。さらに彼の富は、ビーが自立して築きたいと思っている新しい人生には障害になるかもしれない——独立し、経済的に自立した女性を目指すには。それでも自分にも欲望があるとわかったばかりで、まだそれを葬り去りたくはなかった。

「新しいのを買わないと」ビーはそう言葉を結んだ。

「それとも私のほうでできるかしら?」

「すると、きみは避妊は何もしていないのか?」彼は尋ね、表情を曇らせた。

「ええ、まだ、何も」

「まさか」彼はつぶやいた。「では、もっと大きな問題発生だ。さっき使った避妊具が破れていた」

ビーは狼狽して頬を真っ赤にし、彼の胸から体を離した。もちろん、彼が何をほのめかしているかはよくわかった。もっと早く気づいているべきだった。本当に、なんて愚かだったのだろう。

「大丈夫だ、ベアトリス」彼は起きあがり、ビーの腕をつかんだ。「あわてないで。生理の周期は？」

ビーは質問に集中しようとしたが、狼狽は収まらなかった。「最後にあったのが三週間ほど前よ」

「それはよかった」彼は安心させるように言ったが、ビーは頭の中で起こりうるさまざまな事態を想像していた……。何一つよいものはない。

どうして自分を守ろうとしなかったのだろう。彼が避妊具を取り出すまで、何も考えてなかった――あの欠陥品の、期限切れの避妊具を出すまで。

「少なくとも、きみは生理の最中ではなかった」

「でも妊娠の可能性はいつだってあるわ。そんなのは気休めよ。二人のどちらかが不妊症でない限り」

メイソン・フォックスが不妊症とは想像できないし、ビーもその可能性は低い。

結局のところ、姉のケイティはジャック・ウルフと初めて結ばれて妊娠したのではなかっただろうか。ケイティとジャックは〝できちゃった婚〟で、あれはビーがジャックとの婚約を解消したほんの数カ月後だった。もちろんジャックとケイティは今幸せに暮らしている。それでもしばらくは本当に大変だった。そしてケイティには、ビーが夢見るようなガッツと気丈なところがあった。それにメイソン・フォックスが一夜の情事の末に父親になることを喜ぶとは、ビーには想像もつかなかった。ところが心配そうな顔をするどころか彼はほほ笑んだ。これはおかしなことなのだろうか。とてもそうは思えないのに。

「ああ、気休めだと思う」彼は言った。「だが僕は、実際に何か困ったことになるまで、うろたえる必要はないと固く信じている。念のため、明日、主治医に予約をとって、どんな選択肢が考えられるか確認してみよう。万一の場合……」

「その場合は……？」

彼はビーの唇に指をあてた。「また取り乱さないでくれ、プリンセス」彼は言った。

親しみを込めた呼び名が戻ってきて、ビーの不安は和らいだ。ほんの少しだが。

「朝までは何もわからない」さらに言い添える。「それでもこれが問題ないとはっきりさせるために必要な予防措置はなんでもとることができる」

彼の冷静さと、話し方で——二人がどんなに無謀なことをしたにせよ、ともに立ち向かうとはっきりさせる言い方で——ビーはさらにリラックスできた。

「こっちへおいで」メイソンは言い、枕に体を預け、彼女の背中に手をまわして抱き寄せた。

4

メイソンはビルの裏階段を駆けあがった。ランニングウェアに身を包み、ヘッドフォンでお気に入りのR＆Bの名曲を聴きながら、通りの角のベーカリーで買った焼きたてのペストリーを腕にさげている。

それでも、ロンドン・アイからエンバークメント沿いに五キロ近く走ってきたにもかかわらず、放出されたエンドルフィンがまだ体内を駆けめぐっていた。というのも、これまで会った中で最も彼を魅了する女性がベッドに横たわり、待っているからだ——すばらしいセックスを堪能した一夜のあとで。

すばらしかった。彼女がヴァージンだったにもかかわらず。メイソンは走る速度を落とし、最上階に着くと、防火扉を肩で押し開けた――それでもまだ気持ちの整理が完全についていない。バスルームでその事実を初めて知り、同時に、使った避妊具が役に立たなかったとわかって、彼は呆然(ぼうぜん)とした。

ベアトリスのような女性がなぜ――貴族の生まれで、美しく、思った以上に繊細な女性が――彼のような男を選んだのだろう。洗練されているわけでもなく、男女関係で名をはせているわけでもないのに。

愛を求める気持ちなどはるか昔に捨て去り――それを悔いてもいなかった。そうすることで彼は鍛えられ、立ち直りも早かったからだ。感情に左右されず、自分自身の判断を貫く能力のおかげで、この十年で数十億ポンドの資産価値を誇る世界的なホテル・ブランドを築きあげるのに役立った。

だがベアトリスが出し抜けに真実を口にし、彼女の経験不足に対する疑念が確信に変わったとき、いらだちや警戒、うろたえといった気持ちの代わりに彼の体に突きあげてきたのは、ひどく誇らしげな気分だった。それは初めて不動産のリース契約を結んだ日と同じ気分を思い出させた――ホクストンにあった、ぼろぼろのワンルームのアパートメントを、自分の手で、ひと夏かけて最初のブティックホテルに改修したときで――彼は二十一歳だった。

その事業をなしとげたときの喜びと誇らしさは何物にも代えられない――今朝目覚めると、ベアトリスが彼の古いTシャツを着て、彼のそばで丸くなって眠っていた。吐息がメイソンの鎖骨をなで、彼女の香りが――バニラと興奮した女の香りが彼の肺を満たし、ほんの数秒でまた彼女が欲しくなった。

だから五キロも走る必要があったのだ。

なぜそんな貴重なものを彼にゆだねてくれたのかわからないが、メイソンは彼女がそうしてくれたことがうれしかった。呆然とし、同時に傲慢の鼻をへし折られた気がした……謙虚な気分になったことなど久しくなかったのに。そして彼女の決断の余波に長く尾を引かれながら――なぜかとても深く影響されながら――一つだけ確かなことがあった。メイソンは彼女を行かせたくなかったのだ。今はまだ。

彼は深く息を吸い込み、胸のつかえを無視した。

フォックス、しっかりしろ。ただセックスがよかっただけさ――おまえの巨大なうぬぼれのせいで。

これまで人を愛したことがないのに、一夜を過ごしただけで人を愛せるわけがない。

彼はアパートメントの開放的なリビングスペースに足を踏み入れた。世界的なインテリアデザイナーが彼のために費用を惜しまず選んだ高価な家具が春の日差しに輝き、外の水面も日に照らされている。

広大なテムズ川がすばらしい眺めの中を蛇行して流れ、胸の内の軽い興奮は静まりそうになかった。

メイソンの人生はすばらしく、申し分なかった。彼は十七年間せっせと働き、事業を拡大してきた。

しかし昨夜、ベアトリスが彼の腕の中で眠りにつき、奇妙な独占欲が胸にきざすまで、これまで以上のものがあるとは思ってもみなかった。ホテル業界で世界制覇を目指し、重要な節目を達成するために人生の大半を費やしてきた彼は、資金を投入しても手に入らないようなものに時間を割いて何かを得ようとしたことなど、これまで一度もなかった。

昨夜まで、彼は値段のつけられないものを大切にしたことがなかった。だが彼女の信頼を得ることは重要だった。それでうまくいくかどうか、彼にはまったくわからなかったにしても。

彼は焼きたてのペストリーを皿に盛ると、彼女のようすを見に主寝室に向かった。ベッドの端のほうで羽毛の上掛けがわずかに丸まっていて、彼女が寝ているとわかる――身じろぎもしない。昨夜は本当に彼女を疲れさせてしまった。

メイソンは彼女を起こさないように客用寝室に向

かい、シャワーを浴びて着替えようとした。走ってかいた汗を洗い流したあと、彼は自分をコントロールするため、シャワーの温度を〝冷〟に切り替えた。

今朝はまだ彼女に痛みが残っているだろう。ならばもう一度愛し合うことはない。彼がどんなに望もうと。それでも失望は——再び愛し合うのを待つかと思うと——彼女と話をする機会が得られるという考えで薄れていった。メイソンには彼女について知りたいことがたくさんあった。

ウルフとの婚約について、彼女は予想以上に率直に話した。今では元婚約者に嫉妬していたのだと自分でも認められる——彼にとってはまったく新しい経験だった。だがその緑の瞳のモンスターは、彼女が決してウルフに身を任せなかったとわかると、すぐに死に絶えてしまった。彼は笑みを浮かべた。

スウェットパンツにTシャツを着て、収納スペースの引き出しから仕事用の携帯電話を取り出すと、個人秘書のジョー・マッカーシーからたくさんメールが届いていた。さらにジャクソン・ホワイトからも大量に。ジャクソンはフォックス・グループの公開プロフィールの管理を任せているPR会社の社長だ。ざっと目を通したあと、メイソンはジャクソンのメッセージに添付されていたタブロイド紙の記事をクリックし、低俗な見出しに表情を曇らせた——ホットなホテル王、メイソン・フォックスはメドフォードのアイス・クイーンをとろかしたのか？

さらにその記事を飾る、前夜に彼とベアトリスがクラブをあとにするところを撮った写真を拡大した。彼は苦笑した。どうやら今朝の上機嫌を損なうところまではいかないようだ。悪くない。彼は決心した。メイソンの腕に抱かれるベアトリスは、まるでそこが彼女の居場所であるかのようだ。ジャクソンは記事をそのままコピーして添付してあった。

〈きみの新しいガールフレンドについて話がある〉

生意気な男だ。だがジャクソンは昔からの親友だ。

今日あとで会って話さねば。なぜならベアトリスは彼のガールフレンドではないからだ。まだ。それでもジャクソンの疑念に、彼はいつも面倒この上ない社交の場で、彼女と腕を組んでいる場面を想像した。彼女がいれば退屈な催しももっと楽しくなると思うと、メイソンの胸は高鳴った。彼女の上品な美しさはフォックス・ブランドになんの害も与えないという事実も、彼には見逃せなかった。

メイソンは秘書に電話をかけた。ベアトリスと二人の今後について話し合う前に、約束どおり、彼女のために主治医の予約を取る必要があったからだ。

秘書のジョーが電話に出るのを待ちながら――まだ土曜の午前七時だった――彼は自分が予定外の妊娠の可能性に、驚くほどどっちつかずの気分でいることに気がついた。もちろん避妊具の欠陥が招いた事態であっても、二人には多くの選択肢が残されている。それでも、昨夜、避妊具に破損を見つけたあとも――ほかの女性とであれば大いに悩ましい事態だっただろうに――彼はパニックには陥らなかった。

子供は彼の視野に入っていない。これまでもそうだった。彼はまったく父親タイプではないからだ。彼が家族について、あるいは父親について知ることは、自分がまだ赤ん坊だったころ母親は逃げ出し、父親は何をやってもうまくいかない負け犬だったことだけだ。なのにベアトリスが問題に直面し、パニックに陥っているとき、彼は驚くほど冷静で――奇妙なまでに興奮していた――なぜならベアトリスの細い体が彼の子供を宿して丸みをおびるという甘美な想像を、どうしても捨て去れなかったからだ。

彼は体を再び熱くする欲望につかの間目を閉じた。

「やあ、メイソン」ジョーがようやく電話に出た。

「どうした？　こんなに朝早くおまえの声が聞けるとは思わなかった。特にゆうべ、おまえが引っかけた相手からすると」ちゃかして笑い声をあげる。彼もまた親友だった。「メドフォードのアイス・クイーンはどうだった？　お寒くなければいいんだが」からかい口調でさらに言い添える。

メイソンは顔をしかめた。その呼び名ほど真実からかけ離れたものはないからだ。「彼女をそんなふうに呼ぶのはよせ、ジョー」

「了解。わかったよ」ジョーが応え、冗談めかした口調がまじめになった。

「ドクター・リーに連絡して、今日、ベアトリスの予約を取ってくれないか。通常時間外にだ」

メイソンは社員がビジネス上の秘密を守ってくれると信じている。それでも昨夜の新聞記事のあと、二人の関係が取りざたされる間、彼はベアトリスに不要な注目が集まらないよう守ってやる必要があった。明日の夜、ニューヨークへ一緒に行くよう彼女を説得できないだろうか。月曜にはフォックス・グループがアメリカに進出する拠点探しを始めることになっている。そうすればこの件をビジネスと同時に考えられるかもしれない。それにイギリスのメディアから離れて昨夜のことを話す時間がさらに持てる。次にどうすればいいのかも。彼は愛人を持とうと考えたことはない。愛人という考え方そのものが古くさくて時代遅れだと思っているからだ。彼はベアトリスを思いのままにするつもりはないし、しばらくはこのままでいいと考えていた。

「わかった」ジョーが言った。「ドクター・リーに事情を話してもいいのか？」

メイソンはためらった。「通常の健康診断だ」彼は言葉をにごした。そしてなぜ言い逃れをするのだと考えた。避妊具の破損は責任を問われるようなことではない。「さらに避妊法について話し合う必要がある。ベアトリスの妊娠検査についてもだ」

ジョーはあえぎ、悪態をついた。「おまえがあのアイス・クイーンを溶かしたのか。仕事が早いな」

「彼女をそう呼ぶなと言ったはずだ」語気を強める。

「だが……メイス」ジョーが心配そうに、ひどく大げさな声で言う。「本気でつき合うつもりか？」

「どういう意味だ？」メイソンは尋ねた。口調が完全にいらだっている。誰もが彼のセックスライフに意見をするのか。ベアトリスにさえ。間違いなく、彼女はあんなに多くの不安を抱えていたのに。

「彼女の父親がおまえを花婿候補に狙っていたのは知ってるだろうな？」

「なんだと？」メイソンはつぶやき、いらだちが衝撃に変わり、目覚めたときの幸せな気分がしぼんだ。

「メドフォードだよ。あの男が下の娘を条件のいい相手に嫁がせようとやっきになっていたのは、さほど大きな秘密じゃない。ウルフと婚約させたのもそのためだ。噂(うわさ)ではウルフはあの男に大金を貸していたが、彼は姉のほうと結婚してベアトリスとの婚約は破棄し、借金を帳消しにしたそうだ。彼女は父親の言いなりだ、姉のキャサリンとは違う」

メイソンはベッドの端に座り込んだ。膝が震えて立っていられない。あまりに多くの思考や感情に襲われ、何がなんだかわからない。ただ体の奥深いところにぽっかり穴があいている。それは彼が子供のころの記憶だった。彼はその記憶を断ち切った。

あそこには行かない。二度と。あれは昔の話だ。あのころの彼はやせっぽちの少年で、母親はいつか戻ってくるし、父親は悪い男ではなく、自分でもコントロールできない薬の常用癖に悩まされているだけだと、まだ自分に都合のいいように考えていた。

だがもうだまされやすい、ばかな子供ではないし、置き去りにした人生を生きていたころの彼でもない。

メイソンは髪に指を差し入れ、自分の手が震えているのに気づいた。情けない反応を止めようと指を拳に固める。すると十四歳のとき手の甲に入れた、飛翔(ひしょう)するフェニックスを描いたタトゥーに気づいた。もう誰にも利用されないと誓った夜だった。

「メドフォードはなぜ僕を花婿候補に選んだのだろう」彼は尋ねた。吐き気がするほど胃がむかついていたのに、ちゃんとした声が出せたのが驚きだった。

彼女がメイソンを選んだのは、初体験のためなのか？　決して彼が必要だったわけではないだろうが、あの性的な結びつきは、彼が考える限り、本物だった……。だが彼女は決してメイソンに夢中ではなかった。父親に言われて彼に近づいてきたのだ。

「この数日で僕が聞いた話だ」ジョーはますます気まずげな口調になって言った。「昨夜、カスケードの発売イベントの会場から出るおまえと彼女の動画をネットで見て、もうわかってるのかと思ったが。承知のうえで、彼女とつき合っているのだと」

昨夜は、大嘘(うそ)にまんまとだまされたわけだ。今朝は、身も心も爽快な気分で、彼女とデートすることを考え、自分のものにしたいとまで考えていた。

「そんなに強くものにしたいと思ったわけじゃないんだ、ジョー」彼は言った。声に苦々しさがこもっているのがわかる。恥辱までも。

なぜなら彼はまさに必死の思いでいたからだ。なぜあんなにも簡単に彼女の演技にだまされてしまったのか。彼女の初めての相手になれて光栄だとまで口走っていた。おめでたい愚か者のように。

「教えてくれてありがとう」メイソンはつぶやいた。

「まだドクター・リーの診察の予約を取るのか？」

彼は顔をしかめ、かすかに悪態をついた。

そうとも、妊娠しているかもしれないのだから。彼女もそのつもりだったのか。違うかもしれない。結局、欠陥品の避妊具を使ったのは彼なのだ。彼女から避妊の話題は聞いていない。昨夜のパニックも演技だったに違いない。妊娠すれば、父親がメイソンに取り入る計画にぴったりはまるわけだから。

そして妊娠していたら、彼女と別れられなくなる。なぜなら彼は決して自分の血肉を分けた子供を見捨てるつもりはないからだ。彼の母親がしたようには。「そうしてくれ」髪を指でかきあげながら言う。彼女と自分自身への怒りが――自分の愚かさかげんが身にしみて――彼をむしばんでいた。「だがリーには伝えてくれ。ミズ・メドフォードを妊娠検査に同意するよう説得しろと。大至急だ」

結果が出ればそれに対処する。彼なりのやり方で。ジョーとの電話を終え、彼は五分前に誇らしげに眺めた景色を見やった――ようやくたどりついた景色だ。彼はいつもなりたいと願っていた男になれた。ただ成功しただけでなく、その成功に値する男に。

それが今は退屈でつまらない、ただ派手なだけの景色に見えた。なぜならとんでもない大嘘にだまされたばかりだったからだ。ベアトリスとその父親に。だが彼がどんなに憤慨し、怒り狂っても――胸にぽっかりあいた穴を埋めようとしても――うつろな気分は収まらなかった。彼の中にはまだあのばかな子供がいると思い出させただけだった――傷つきやすい子供が。彼がずっと前に葬り去ったはずの子供だ。母親が戻ってくるのを何カ月も待ち続け、ようやく真実に気づいて、母親はもう決して戻ってこないと悟った。なのに、どういうわけかベアトリスはそんな子供を見つけ出し、食いものにしたのだ。

「メイソン、そこにいるの?」居間から彼女の声が聞こえてくる。おどおどと自信なげな声だ。

彼は無理やりベッドから離れた。

コーヒーメーカーのそばにたたずむ彼女を見つけ、居間に入っていく。体にほとばしる熱気に身構えねばならなかった。この期におよんでまだ彼女が欲しいのか。あれほど巧妙にもてあそばれていながら。

欲望の波にもまれながらも、彼の体の内で皮肉な怒りが渦巻いた。すべてが偽りだったからだ。

あるいはほとんどが偽りだった。二人が固く結んだ契りは本物で、あんなオルガスムを彼女が偽れるとは思えないからだ。彼女はヴァージンを失う覚悟で、妊娠の危険を冒してまで彼を誘惑したのだ。

それでも怒りにのみ込まれるにつれ、どんな可能性ももはやありえないと思えてくる。ベアトリス・メドフォードをこの腕に抱き、代償を支払わせる恩恵は得られるかもしれないが。少なくとも、お涙ちょうだいのたわ言につき合うつもりはなかった。

彼の腕に抱かれて、ベアトリスは彼がいつもひそかに憧れていた上流階級の気品を教えてくれた。父親になるのを真剣に考えたことはなかったが、自分が残す遺産については漠然と考えてはいた。そしていつか、遠い将来、それが受け継がれていくことを。もしそのときが今だとしたら、貴族の娘以上に自分の血筋に箔をつけられる相手がいるだろうか。

そして何より、彼が主導権を握っている。なぜなら、彼女と父親が必要とするものを持っているからだ。金だ。そして彼女の真相を知った今、子供ができたなどといいかげんな話でひっかけられもしない。

「おはよう、プリンセス」彼は言い、声の調子が変わらないように気をつけながら、朝食バーのスツールに腰をおろす。昨夜は冗談のつもりで言った呼び名が、もはや冗談ではなくなっていた。

メイソンは作り笑いを彼女に向けた。ビジネスのライバルに、ただのお人好しで中身がないと油断させたいときに作る笑みだった。

「今朝の気分は？」彼は尋ね、不良少年の本領を発揮して、心にもないことを口にした。

二人の関係を単なる取引と考えたらどうだろう。今大事なのは彼がこれまでの人生でしてきたほかのすべての取引と同じで、彼が優位に立つことだった。

「上々よ、ありがとう」ビーは礼儀正しく答えながら、メイソンの上腕二頭筋に縄状に描かれたタトゥーに気がついた。Tシャツの半袖の下で筋肉が躍動している。そして胸の震えを無視しようとした。彼のベッドで目覚め、温かく、けだるく、よく休めたと思ったのに、どんどんいたたまれなくなってくる。

そのいたたまれなさは、彼がビーのほうに歩いてくるとさらにひどくなった。ジョギングパンツにTシャツ、裸足で、湿った髪を無造作にかきあげる。昼間は、贅沢でひどくモダンな部屋とタワーブリッジの壮大な眺めに大いに圧倒された……。でも、すぐそばにいるこの男性ほどではない――ビーは彼の自宅で愛し合ったのだ。

ビーは気遣わしげに息を吸い、きらめく彼の緑の瞳が自分の顔を見まわしているのに気づいた……。でも……昨夜の温かなまなざしはどうしてしまったのだろう。突然、彼の目が少しいらだたしげに見えるのはなぜだろう。もしかして彼はビーがまだここにいると予想していなかったのだろうか。もう帰るべきだろうか。不運なことに、ビーは一夜限りの関係についても、翌朝どうすべきかも心得がなかった。

それでも明らかに何かが違う。プリンセスという呼び名に今は親密さが感じられないからだ。ビーは彼の瞳に憤りの色をはっきり見て取っていた。これは単に彼女の不安感からくるのだろうか。その不安感のせいで、ビーは長い間、最善の人生を――あるいはどんな自分の人生も――送ってこられなかった。

ビーは無理に笑みを浮かべ、胸の前で腕を組んだ。もっと露出度の低いものを着てくれればよかった。コーヒーと……彼を求めてここに出てくる前に。だが、そのことでいたたまれなさを感じてももう遅い。

事態は昨夜、はるかに深刻なものになった。ビーがヴァージンだったことと、避妊具の破損のせいで。それでも彼女は不安や懸念を見せたくなかった。あるいは何か責任を求めているようには。なぜならビーは本当に何も期待していなかったからだ。

彼はすでにビーのことを世間知らずで、無器用で、ひどく感じやすいだけだと思っているかもしれない。だから今はベストを尽くしてもっと好印象を与えたかった。抜け目なく、自信にあふれ、世知に長けているように見せたかった——感情の抑えがきかなくなっているようにではなく。たとえ内心はそうでも。そのためにはなんとしてもコーヒーが必要だった。ビーは最新式のエスプレッソマシンに目を向けた。

「このマシンの使い方を理解するには、原子物理学の学位が必要かもしれないわね」

「僕がやる。きみは自分でコーヒーを淹れたことがないだろうから」彼の決めつける口調が気になったが、もちろん声に出してそう言うべきだった。

彼がマシンのそばに来てビーに寄り添う。だがビーは脇にどいて距離を置いた——彼の香りにむせそうだったからだ——彼は笑い声をあげた。

「何をそんなにびくついている、プリンセス?」

ビーははっと彼を見やり、頬がかっと熱くなった——彼の声にははっきりと刺があったからだ。まるで彼女の神経質な反応を哀れんでいるかのように。

「まさか……」言葉がつかえ、胃が締めつけられる。

「そうとも」ビーが自分の嘘に気後れしていると、彼は確信を持って言っている。「こうしたらどうかな?」彼は言い添え、カウンタートップに背中をもたせかけた。片手をビーの腰にあて、伸ばした腿の間に彼女を引き寄せる。ビーは両手を彼の胸に押しあてた。視線が彼の鎖骨に円く描かれた有刺鉄線の刺激的なタトゥーと同じ高さになり、ビーの肺はシャワーから出たばかりの彼の香りで満たされた——白檀と松の香りの石鹸の匂いだ。それでも昨夜は彼の香りに酔いしれ、今もその香りに反応する自分を抑えられずにいた。脳内でエンドルフィンが放出され、興奮がビーの下腹部を大混乱に陥れた。

メイソンはビーの顎を持ちあげ、値踏みするような、断固とした視線と目を合わさせた。鼻先にキスを落とし、明らかに人を見下すような態度だった。

「緊張する必要はない。第二ラウンドは先に延ばしても僕はいっこうにかまわない、プリンセス」

ビーは身をこわばらせた。その呼び方はやめてほしかった。どうしても好きになれない。なぜなら、その呼び名には彼がクラブで初めてビーの前に現れたときに気づいた、鋭い皮肉がこめられている気がするからだ。あのときは自分に向けられたものではないと確信していた。今ではその確信も薄れている。

「第二ラウンドが当然の結論だとどうして思うの」

彼女はつぶやき、ようやく自分の意見を主張する勇気を奮い起こした。まだほんの少しだったが。

「違うのか？　なぜそうならないんだ？」貫くような視線がビーの体をなでまわす――再びエンドルフィンの放出が始まった――それでもビーは自信も、みなぎる力も、もう感じなかった。どうしようもなく危険にさらされている気がした。「僕がまだきみに結婚を申し込んでいないからか？」嘲笑を含んで声がしゃがれる。「それとも、もう一度セックスをする前に、まず困ったことになっているとパパに知らせる必要があるからか？」

ビーはあまりの言葉に唖然とし、彼の腕から飛びのいた。彼の言ったことが信じられず、その真意もわからなかった。「ごめんなさい、今なんて言ったの？」なんとか声を絞り出してささやく。

彼はまた声をあげて笑ったが、その辛辣な笑い声にはユーモアのかけらもなかった。

「よせ、プリンセス、芝居はもういい。なぜメドフォードのアイス・クイーンが僕を昨夜セックスに駆りたてたのか、ちゃんとわかってる。ヴァージンなのを利用するとは、いい手口だ。避妊具が不良品だったのは認めるが、どんな結果になろうと二人のためになる方法を見つけてみせる。僕はきみが思うほどばかじゃない。ジャック・ウルフのようにだまされやすく、簡単にほだされるような男でもない」

ビーはよろめき、さらにあとずさった。あまりの言葉に息もできず、理解が追いつかない。不公平で不当な非難の数々のどれにも心あたりがなかった。

さらにもっとひどいのはビーを見る彼の目で……まるで……取るに足りないものを見るかのようだ。

そのまなざしに宿る残酷な敵意と激しい怒りは、ビーを、父親がわめきちらして姉のケイティを家から追い出した、あの恐ろしい夜に引き戻していた。さらに父親はビーに向かって、べそをかくのはやめろ、目ざわりだから消えろと言ったのだ。

ビーは父の言うとおりにした。

だがメイソンはビーのなけなしの自信さえ容赦なく打ち砕き、父よりさらに大きな痛手を与えた。なぜなら彼は怒鳴りも叫びもせず、ひどく冷静で、冷淡で、自信満々に見えたからだ。そして感情を抑制できなかった父とは違い、メイソンは自分がどれほどビーにダメージを与えているかよくわかっている。

「そうね」ビーは穏やかに応じ、メイソンの鋭いメスのような言葉で自尊心をずたずたにされながらも、平静を装っているのを気取られないようにした。彼の言葉は外科医がドナーの心臓を切り取るように、これまで以上に深く、効果的にビーを傷つけていた。

これは血を流さない外科手術などではない。なんとか酸素を吸い込んで肺が再び機能し始めるとすぐ、ビーには切り裂かれた痛みがはっきりと感じられた。

ビーはただ導かれるように寝室に入っていった。彼のTシャツを脱ぎ捨て、ドレスを見つけると引っぱって身に着け、靴を探す。

はるか昔のように思える記憶が――ほんの昨夜なのに――胸に開いた傷口をきつく締めつける。今大切なのは、この痛みに感覚が麻痺（まひ）してしまわないうちに、ここから出ていくことだった。

「もう行かないと」居間を横切っていきながら、ビーは再び礼儀をわきまえた口調で言った。

彼はカウンターのそばに立ち、まるでビーが正気をなくしたかのように見つめている。それでもさっきまでのまったくの無表情に比べれば、彼の皮肉っぽいしかめっ面でも勝利のように思えたのは、ビーがさっきどれほど動揺していたかの表れだった。

「今度はすねるつもりか？　僕がきみの小芝居を見破ったからか？」彼は尋ねた。

ビーは答えなかった。持てる力をすべて足を前に踏み出すことに注いでいたからだ。そして部屋から出るや、非常階段に駆け込んだ。彼が追いかけてくるかもしれないので、エレベーターを待ってはいられない。今はここから出ることだけに集中していた。

5

「こんにちは、ミセス・グールディング、姉はいるかしら」ビーは唇を噛(か)んだ。タクシーでタワーブリッジからメイフェアのケイティとジャックの家に来るまで、泣くまいとずっと涙をこらえてきた。

クレア・グールディングはプロの家政婦で、ビーの身なりがひどく乱れているのをひと目で見て取っても、ほとんど表情を変えなかった。それでもビーは年配女性の目に浮かぶ哀れみには気づいていた。

「はい。ウルフご夫妻はダイニングルームでルカ坊ちゃまと朝食中です。どうぞお入りください」家政婦はドアを大きく開け、詳しい事情は尋ねない。

「あなたがお見えだと知らせてまいります」

「ありがとう。その前にタクシー料金を立て替えておいてもらえるかしら」ただ乗りされたと運転手に思われているかと考えると恥ずかしさが先に立った。

罪悪感がビーの胃を締めつけ、三十分前にメイソン・フォックスのペントハウスを飛び出して以来、ずっとさらされてきた屈辱の波にさらに見舞われた。

タクシーの中ではパニックに襲われ、父親の家には帰れない、帰ればメイソンに非難されたことがすべて真実になってしまうと悟り、ようやく無益な涙を乾かしたのだった。ビーはひょっとしたら昨夜メイソンにキスされ、愛撫され、最後に体の関係を持ったときは本当にすべて魅力に駆られ、興奮に駆られていたのかもしれない。でもメイソンとベッドをともにするのが父の望みでもあったのに、なぜ彼女が誰にも支配されず自分で決断したと言えるだろう。

昨夜、ほんの少しでもビーを気遣うふりを見せたメイソンを憎みたくなる。なぜなら忘れたはずの昔の憧れがよみがえったからだ——誰かにとって大事で特別で、大切にされた存在でありたいと願う気持ちが。かつてウェールズ人の祖母がビーを大切にしてくれたのをぼんやり覚えているように……。でもメイソンが見かけどおりの彼でなく、ビーも父親に言われたことを隠していたのに、腹を立てる権利など本当に彼女にあるだろうか。それに率直に言って、誰かに大切にされるようなことをビーはこれまでしたことがあっただろうか。メイソンは今朝、ほかの誰もがすでに知っていながら礼儀をわきまえて口にしないことを言った。ビーは父の家の厄介者だった。

「ウルフご夫妻はあなたに会えてお喜びでしょう」

家政婦はそう言い、サイドテーブルから財布を取り出すと、ビーのタクシー料金を払いに行った。

ビーは黙って玄関先に立っていた。家の中に駆け込んでメイソン・フォックスの残酷な仕打ちを洗いざらいぶちまけ、ケイティの肩に顔をうずめて泣き、姉にこのすべてをなんとかしてもらいたかった。

これまで何度もそうしてもらったように。

なぜならビーは何か失敗したとき、父親の要求や最後通告から逃れたいとき、かわいい甥のルカに癒やされたいとき、いつでもここに駆けつけてケイティに励まされ、慰められ、気持ちを楽にしてもらっていたからだ。そして自分の人生を変えるために具体的には何もしようとせずに。

玄関ホールの奥の部屋から、ルカのくすくす笑いが聞こえ、ジャックの深みのある声、そして姉の笑い声も聞こえてくる。切望がビーの胸を引き裂いたが、その背後には彼女自身と自分の身勝手さに対する嫌悪感があった。ここには来るべきではなかった。

ジャックとケイティは二人とも多忙なキャリアを積んでいて、息子のルカと過ごす時間はとても貴重だった。それだけでなく、ケイティは二人目の妊娠初期で、再びつわりで苦しんでいるのをビーは知っていた。姉は決してビーを追い返したりしない。けれど姉の日々の責任に加え、妹が犯した愚かな過ちの解決を願い出る権利がどこにあるだろう。

ビーは玄関ホールのテーブル脇に置いてあった、ケイティがジムに持っていくバッグを手に取った。

ビーには着替えが必要で、ケイティとビーは体型が同じではなかったが、靴のサイズは同じだった。ビーはホールにあったメモ帳に、服を借りたことを謝り、ケイティにお金を返すと約束した。それから、何年も前に書くべきだった一文を書き加えた。

〈ロンドンを離れることにしました。長い間いろいろと助けてくれてありがとう。これからはもう自分でやっていくわ。　愛を込めて、ベアトリス〉

ジャックとケイティの声が、そして息子のルカのくすくす笑いがまだ聞こえる。ビーは家から出た。罪悪感と屈辱感が、みじめさとパニックに加わった。

心の一部では、ロンドンを離れて姿を消したいと思ったのは、いつまでも姉に頼ってばかりではいられないからというだけでなく、メイソン・フォックスがここに住んでいるからだと、わかっていた。

希望や自信も、昨夜の大胆な自分が感じた興奮や爽快感も、ただ欲望の産物にすぎなかった。今ならそれがわかる。メイソンはあんなに残酷にならなくてもよかった。おとぎ話を信じずにいられなかったのはビーだったのだから。メイソンに傷つけられるままに――自分の人生を形ある意味あるものにしてくれそうな誰かを、またしても求めてしまったのだ。

ビーは胸が張り裂けそうな思いで、本当に心配してくれる数少ない人々を残し、玄関の階段をおりていった。ミセス・グールディングは私道の端でタクシー運転手とまだ話している。ビーは中庭の門をくぐり抜け、豪壮なジョージ王朝様式のタウンハウスの裏手にある路地へと向かった。最新の設備が施された屋敷は、姉が自力でジャック・ウルフとの生活を始めた家だ――勤勉で正直に、誠実で勇気と忍耐と独立心を持って、姉は自分の人生を切り開いた。ビーにはいつも欠けていたものばかりだ。

ビーはハイヒールを脱いで姉のジム用の靴を履き、露出度の高いドレスの上にスウェットシャツを羽織った。銀行まではほんの数キロだ。銀行に行けば母が遺してくれたわずかだが遺産の入った口座がある。貸し金庫もあって、一年前に申請できたアイルランドのパスポートが入っている――アイルランド人の祖父のおかげだ――いつの日か外国語のスキルを生かしてヨーロッパ本土で新生活を始めたいと空想していた。ビーが実行する勇気を持てずにいた多くのことの一つだ。銀行は土曜は正午まで開いている。

ビーは駆けだした。

二日後

「ミスター・フォックス、キャサリン・ウルフという方がお見えです。面会の約束はありませんが、ぜひともお目にかかりたいそうで」
「通してくれ。僕への電話は取り次がなくていい」
メイソンは受付係に言うと、携帯電話をズボンの後ろポケットにしまった。ベルグレイヴィアの旗艦ホテルで、ロンドンでのビジネス拠点に使っているスイートルームを、彼は歩きまわった。

メイソンはベアトリス・メドフォードが彼のペントハウスから逃げ出したあと、二日をかけてその行方を追っていた。彼はベアトリスから話を聞きたかったが、彼女の姉に話してもらおう。とりあえずは。気のあるそぶりを見せるんじゃない。それがあの連中をあしらう唯一の方法だ。
だが、ベアトリスはなんのつもりだ？　どこに行ったのだろう。彼女の父親さえ知らないのに。
日曜の朝、あの老人はベルグレイヴィアのフォックス・グランドに姿を現した。メイソンが娘の居場所をつきとめようとして連絡せざるをえなくなったからだ。メドフォードはこびへつらう笑みに気さくな態度で、メイソンと娘はできていると信じていた。老人は娘の居場所を知らないと気づくのに十秒もかからなかった。メイソンが土曜の朝から娘には会っていないと告げると、老人の淡いブルーの瞳がいらだち——そこには愛情も不安のかけらもなかった。

メイソンはためらいを覚えた。

だが、ためらいは一瞬ですぐに消えた。

ベアトリスは明らかにあの場を怒って立ち去ってしまったのだ。メイソンには真実が想像できた。おそらく彼女がまだ帰宅していないのは、マークした最新の億万長者からプロポーズはないが——予定外の妊娠はあるかもしれないと、悪い知らせを老人に伝えたくなかったからだろう。残念なことに、だからといって、ベアトリスが彼の子供を身ごもっているかもしれないという事実に変わりはないし、彼女を見つける必要がある。それも大至急。

　メイソンはエレベーターの前を行きつ戻りつし、ベアトリスの姉の到着を待った。

　居場所がわかったら、ベアトリスに思い知らせてやる――彼をどうしようもない立場に追いやり、妹の居場所を尋ねるためにジャック・ウルフの妻に連絡を取らざるをえなくしたからだ。恋わずらいの愚か者のように。自分の責任をまっとうする男でなく。

　メイソンはベアトリスの記憶を消し去った。顔はショックに青ざめ、青い瞳は苦しみにきらめいて大きく見開かれていた。彼女はあわてふためいて彼の部屋から飛び出していった。もしベアトリスが彼に呼び戻されたくないなら、最初から近づいてくるべきではなかったのだ。それに彼女はメイソンに大切なものを捧げてくれた。ヴァージンであることは男を惹きつける別の切り札になったかもしれないのに。

　エレベーターの到着を知らせるベルが鳴り、ドアが開くと、彼は背筋を伸ばして迎えたが、出てきたキャサリン・ウルフの鋭いまなざしにたじろいだ。

「メイソン・フォックスね」さげすみを込めて言う。「このろくでなし。妹をどこにやったの？」尋ねる視線は鉛をも溶かすほど熱かった。

「知らない」相手に負けずに声を張りあげて応じる。

　それでも娘の居場所に無関心だった父親とは違い、キャサリン・ウルフは妹を見つけ出すために、この部屋を家捜ししそうな勢いだった。

「知ってるはずよ」彼女が反論する。「だって私の家政婦を除けば、妹に最後に会ったのはあなたでしょう。だから十秒以内に、警察を呼ばれて……」ハンドバッグから電話を取り出す。「尋問されたくなければ、金曜の夜、妹に何をしたか白状なさい」

「ばかを言うな」彼は声を荒らげた。警察と言われると落ち着かなくなり、怒りが増してくる。昔は法律を恐れていた。生まれ変わろうと奮闘していたのに、また過去に引き戻されて新たな人生を台なしにされそうな気がして……。だが今はもう違う。「もし僕がベアトリスの居場所を知ってたら」彼は言い募った。「なぜきみに連絡する必要があるんだ？」

「そうだったわね」キャサリンは一笑に付し、携帯電話をバッグにしまった。「大至急、妹と連絡を取る必要があるという、あの不可解なメッセージだけど、なぜそんな必要があるの？」

「僕とベアトリスの問題で、きみには関係ない」

「私はあると思うけど、色男さん。妹は金曜の夜、あなたと過ごしたのね？」

「そうだ」彼は答えた。今さら嘘をついてなんになる。恥じるところは何もない。

「そして翌朝には妹を追い出した。一緒に寝ておいて。そうでしょう？」キャサリンは目を細くしてにらみつけた。「なんて薄情な……」

「追い出してなどいない。彼女が出ていったんだ」メイソンはもう怒りを通り越していた。この女は何様のつもりだ？ いったい何を非難しているんだ。

「でも何か言ったか、したに違いない。あの子が動揺するようなことを」キャサリンが再び問いただす。

「なぜ僕が？」メイソンは応えたが、相手の詰問口調にはもう辟易していた。それでも背中をちくちく刺す不安感がはいあがってくる。翌朝のビーの打ちひしがれた表情の記憶が――そして目覚めたとき、リラックスして信頼しきったようすで、彼に身を任せていた彼女の体の感触が完全によみがえってくる。

「だって家政婦によると、あの子は土曜の朝、だらしない格好で、取り乱したようすで私たちの家に来たそうだから」キャサリンは答えた。「あの子は奇妙な要領を得ない書き置きを残して、姿を消した」

「彼女が……なんだって？」彼は尋ねたが、怒りは薄れ、思いもよらない記憶がよみがえってきた。あのとき彼はベアトリスの心の内まで傷つけ、彼女はおびえていたのだ。傷つけるつもりはなかった。ベアトリスがヴァージンだと知らなかったのだ。彼に言わなかったからだ。だがなぜあの夜以来、ベアトリスは連絡してこないのだろう。あれから四十八時間以上経つのに、彼女とは連絡が取れていない。

「あの子は姿を消した……」

キャサリンは繰り返し、深くため息をついた。肩を落とし、険しい表情が薄れていく。彼女は春の日差しでスイートルームを明るく照らし出す、大きな出窓のほうへ歩いていった。メイソンに背中を向け、怒りが徐々に消えて、緊張が解けていくのがわかる。

「ビーはときに風変わりなところもあるけど、あの子が決してしないのが、よほどのことがない限り、身なりも整えずにロンドンの街を出歩いたりしないことよ」かすかに震える声で言う。「外見はあの子にとって重要なの。自分にはほかになんの取り柄もないと思っているからよ。いやな父親のせいで」

「姿を消したとはどういう意味だ?」メイソンは胃が締めつけられた。二人が愛し合ったとき、彼女を傷つけはしなかった。だが翌朝、彼は明らかに傷つけようとした。今となっては心穏やかでいられない。

キャサリンがメイソンに向き直った。

「あの子は父の家にはいない。携帯電話は土曜の夜から電源が切られている。ジャックが少しコネを使って電話会社に確認させたわ。今朝、預金口座と身分証を保管してあった貸し金庫が空になっているのもわかった。友人や知人に連絡しても……ビーには親友なんていないけれど……誰とも会っていない」

キャサリンはため息をつき、その目に宿る傷ついた表情に、メイソンは初対面のベアトリスを思い出していた。メドフォード姉妹は体の特徴はまったく似ていない。キャサリンは背が低めで、曲線美豊かで、鮮やかな赤毛だった。一方でベアトリスはほっそりとして背が高く、生まれながらのブロンドが、はかなげな優美さを醸し出していた。だがキャサリンがメイソンを見つめ返すと、おびえた表情が明らかに似ていると気づいた……。なぜなら、ベアトリスは彼がじっと見つめると黙ってしまったが、キャサリンも希望を失った表情を目に浮かべたからだ。

「父の家から出なさいと何年も言ってきたのだから、これはいいことかもしれない」彼女はつぶやいた。

「父はカスケードの発表会の写真を見たに違いないわ。それであなたと婚姻関係が結べればと期待した。父にとって期待とは、ビーをおどして自分の望みをかなえることだった。それが父のやり方なのよ」最後に怒りを抑えるようにバッグのストラップをきつく握りしめる。「土曜日にあなたと別れてから、あの子は間違いなく連絡してきてないのね」

メイソンは胸がかきむしられる思いがした。キャサリンが描き出した、ベアトリスと父親の機能不全に陥った関係は、彼が想像していたものとは違った。

「連絡はなかった」彼はつぶやいたが、すっかり真実というわけではなかった。

メイソンはベアトリスを見つけて話さねばならなかった。彼女が妊娠していないと確かめるためだ。だが彼女が連絡をよこさなかった理由は、彼が考えていたより複雑なのかもしれない。

土曜の朝、過剰に反応したのは、だまされやすいお人好しになるのがいやだったからなのか。ずっと前からそうだったように。子供のころからのそんな重荷がベアトリスへの懸念の判断を鈍らせたのか。彼女に弁明する機会を多くは与えなかったのだから。

「もう戻らないと」キャサリンは携帯電話に目をやった。「あの子から連絡があったら私に知らせてくれる？　それよりも、私に連絡するように言って」

「もちろん」ベアトリスは連絡してこないとわかっていたが、メイソンは言った。

「あなたに言いすぎたことを謝るわ」キャサリンが言い添えた。簡潔な、それでも心からの謝罪の言葉に、彼はひどく驚いた。「取り乱してしまって。いつも面倒を見てきたものだから」重いため息をつく。「でももうそろそろ自立させるときかもしれない」

「実は、重要なことがあって」立ち去ろうとするキャサリンに、メイソンは言った。

「何かしら」キャサリンが尋ね、じれったさに懸念の色がよぎった。だがなぜか今は気にならない。姉妹は明らかに親密な関係にある。メイソンが決して経験したことのない、理解を超えた関係だ。それでもこれを利用はできる。ベアトリスが誰かに連絡を取るとすれば、この女性の可能性が高いからだ。

「彼女は妊娠しているかもしれない」

「あの子が……なんですって?」キャサリンは応え、厳しい視線で見返した。「避妊をしなかったの?」

「避妊具は使った」キャサリンがさらに何か言う前に、メイソンは言った。「裂けていた。主治医の予約を取った。妊娠してるなら、知っておきたくて」

「なんのために?」キャサリンが声をあげ、また先走ろうとする。「中絶をさせるつもりなのね?」

「そんなことを言った覚えはない」ぴしゃりと言い返す。なんとか抑えていた怒りがこみあげてきた。「要するに、僕にも彼女を見つけねばならない差し迫った理由があるんだ。だからもし彼女の居所がわかったら、きみも僕に知らせる必要がある」

キャサリンは疑わしげに目を細め、悪態をついた――イギリス貴族にはあるまじき言葉だった。キャサリン・ウルフは妹と同じくらい驚きに満ちている。

「わかったわ」キャサリンは再びため息をついた。「ビーから連絡があれば、あなたが話したがってると伝える。でも私にできるのはそこまで。妹はようやく自分で物事を決める決心をしたようだから、私はそれを尊重するだけ」その言葉はかすかな警告を含んでいた。「少なくともあなたも妹の選択を尊重する義務があると思うけど」あてつけにそう言い添えると、エレベーターにさっと戻ってボタンを押す。

ドアが閉まると、メイソンは携帯電話を取り出し、秘書にメールを送った。〈最高の私立探偵を雇ってくれ。費用は惜しむな。ベアトリス・メドフォードが逃げ出した。至急、彼女の居場所をつきとめる必要がある。どんな手を使ってもいい〉

ジョーの親指を立てた絵文字を受け取るとすぐ、メイソンは携帯電話をポケットにしまった。だがオフィスに戻っても、落ち着かない気分は強まるばかりで、仕事が手につきそうになかった。ベアトリスの選択は尊重する。それでも彼と二度と連絡を取らないという選択は別だ。彼はベアトリスが妊娠しているかどうか知る必要があった。だがそれ以上に、メイソンは彼女がなぜ逃げたのか知りたかった。

6

一週間後

「シニョリーナ、気をつけて——知らない男の車にはみだりに乗らないほうがいい」親切な年老いた農場主がしわがれ声のイタリア語で言うと、ビーはトラックのドアの取っ手に手を伸ばした。

「ありがとう、シニョール・エスポジート。気をつけます」ビーは流暢(りゅうちょう)なイタリア語で応え、観光客でにぎわうラパッロの海岸通りに飛び降りた。

トラックを見送りながら、なじみのパニックに陥りそうな不安に、独りきりの寂しさが加わった。シニョール・エスポジートはまさに天の恵みだった。

ボッビオ郊外で生まれて初めてヒッチハイクをしようとした彼女を見つけて、イタリアン・リヴィエラまで送ってくれたのだから。彼の親切で優しい態度は、この何日か恐ろしい思いをしてきたビーの心を和ませてくれた。独りで旅をしたことなどなかった。

沈んでばかりもいられず、ビーはバックパックを両肩に担ぎあげて自分を奮いたたせた。

この十日間はまさに試練の連続だった――フランスをあちこちめぐってスイス・アルプスへ、そしてイタリア北部までやってきた――その間も、だんだん減っていく旅費への注意はおこたらなかった。

それでもビーは一人旅ですでに貴重な教訓をいくつか学んでいた。たとえば、ユースホステルには早めに着いたほうがよいベッドを選べること、長い髪は長距離バスの発着所の洗面所で洗うのがとても面倒だということ、二ユーロの日焼け止めクリームは二百ユーロのブランドものと同じ効果があること、乗せてもらうのはおじいちゃんくらいの年齢の男性に限ること、などだ。ビーは髪を耳の後ろにはさんだ。スイスのベルンでトルコ人の理髪師にばっさり切ってもらってから、短い髪にはまだ慣れていない。これはヨーロッパを周遊するバックパッキングの旅から学んだ、二つめの教訓を生かした結果だった。

サンタ・リグリア半島にある港町のにぎわいと周囲の美しさに、ビーはしばし見とれていた。ヤシの木々の間の道路にはカフェやレストランが立ち並び、夏のシーズンが始まる数カ月前から、テーブルはすでに観光客でいっぱいだった。

一週間以上前、ユーロスターでロンドンをあとにしたとき、ビーはどこに行くあてもなかった――あのときは列車のチケットを買える余裕はまだあると思っていた。ビーはみじめさと落胆に駆られ――メイソン・フォックスから受けた輝かしい一夜の厚遇と、打って変わって訪れた翌朝の惨劇のせいで――

イギリスを離れる最初の列車に飛び乗っていた。

ラパッロにたどりついたのは、シニョール・エスポジートがトラックに乗せてくれると言ったとき、目的地がラパッロだったからだ。それでも海岸通りを歩いていると、ニンニクとシーフードを炒(いた)める濃厚な香りが五感を満たし、太陽の光が肌を温める。丘の上には豪華なヴィラホテルやリゾートが点在し、港に並ぶパステルカラーの家々の無秩序なテラスとは好対照を見せている。ビーは湾に停泊する漁船や贅沢(ぜいたく)なヨットの数々に打ち寄せる、青く澄んだ海の水をじっと見つめていた。ここイタリアン・リヴィエラは、人生を変えるにはうってつけの場所だった。

　第一に、何百キロも離れている——比喩的にも地理的にも——ロンドンのかつての生活からも、彼からも。そして観光客でにぎわう場所でもある。ビーには仕事が必要だった——すぐにでも。ちゃんと働いたことのない彼女には、かなりの無理があった。

ベルンからミラノまで十二時間、長距離バスに揺られている間、ビーはずっと目を覚ましていた。自分に何ができるかわからない。ただ五つのヨーロッパ言語が流暢に話せるというだけだった。

　勇気を振り絞り、海辺のカフェで仕事を探してみたが、すぐにその愚かさに気づいた。明らかに、なんの経験もないバックパックを背負った元ロンドン社交界の令嬢では、バーやレストランで仕事を確保するのになんの役にも立たない。それでも最後に行ったカフェで若いバリスタが同情してくれ、ポルトフィーノ周辺のリゾートホテルでなら夏の間、客室清掃係を募集しているかもしれないと教えてくれた。

　ビーは〝客室清掃〟がどの程度の仕事を指すか見当もつかなかったが、ポルトフィーノまで海岸沿いの小道を歩き始めた。バックパックが肩に食い込んで、疲れて脚がゆですぎたスパゲッティのようになりながらも、どんな仕事だろうと考えていた。

「あなたの仕事はシーツとタオルの交換よ」シニョーラ・ビアンキがイタリア語ですらすらと指示を出していく。彼女はポルトフィーノの断崖絶壁に立つ古風なリゾートホテルの清掃主任で、話しながらビーをゆったりとしたスイートルームへ案内した。

部屋のテラスから眺める景色はすばらしく、眼下にはプールが輝き、プライベートビーチと船のドックも見え、テラスが階段状に続いている。

「掃除機をかけて、どこもぴかぴかになるまでよく磨いて」シニョーラ・ビアンキはさらに言い、部屋の大理石の表面や年経た絨毯(じゅうたん)を指し示した。「それからバスルームを上から下まできれいにして、洗面用品をすべて補充して。経験はあるわね？」

「ええ、もちろんです」ビーは嘘(うそ)をついた。これまで一度もトイレ清掃などしたことがない。でもこれが新しい人生だ。ようやく自分の人生が始められる。

どんな形でも自分を支えるのは、ビーがなりたかった新しい女性になる第一歩だった。もうメイソンのような男たちに見くだされる女ではなくなる。

「時給は八ユーロ。シフトは朝の六時始まりで三時終わり」清掃主任はさらに続け、ビーはまたうなずいた。部屋と食事が寮の相部屋で提供されるので、時給は最低賃金以下でも、生活費がとても助かる。

「最初の二カ月は毎週末働くこと。いいわね(ベーネ)？」

「ええ、もちろんです(シ・モルト・ベーネ)」

シニョーラの視線が安物のサマードレスとスニーカーに注がれた。ビーがパリ郊外のディスカウントストアで買ったものだ。「制服はあるから倉庫で合うのを探して。費用は最初の給料から差し引きよ」

腕時計を確認し、あくまでビジネスライクに言う。「あなたの試用期間は二週間よ。今日から始めて」

「ありがとうございます(グラッツィエ)、シニョーラ・ビアンキ。必ずご期待に応えてみせます」ビーは言い、絶対やりとげてみせると決意した。二人はスイートルームを出てスタッフ用の階段をおりていった。

四時間後、最初のシフトを終え、六人の女性と相部屋になるスタッフ用の寮の二段ベッドに倒れ込んだとき、ビーの気分はかなり落ち込んでいた。指の関節がひりつき、肩はハンマーで打ちすえられたように重く、脚が痛んだ。大理石の床に膝をついて這いつくばっていたせいだ。それでも横になり、上段のベッドの清潔だがすり切れたマットレスを見つめていると、ひと仕事終えた誇りがきざしてきた。すると一週間半前の朝、メイソン・フォックスが態度を急変させ、ビーの存在などまったく無視するようにあしらわれたパニックと、打ちのめされた気持ちがようやく和らいできた。ビーはメイソンに自分がふさわしいと思わせるためにこんなことをしたのではない。だから二度と彼に会うつもりはなかった。

そうではなく、これは自分自身のためだった。自分はただのお飾りで、気晴らしの対象で、中身のない頭が空っぽの存在で、容姿と外見と、男の関心を引く能力だけが自分の価値だと信じてきた女の子のためだった。そんな価値観は父親がビーに教え込み、メイソンによって強められたものにすぎない。なぜなら彼がビーに見たものは――あるいは見たかったものは――ビーの父親が創り出した幻影なのだから。

皮肉なことに、ビーは今日リゾートの宿泊客からは見えない存在だった――メイドの制服を着て、不格好なカートを引き、空っぽの寝室に出入りする。それでもトイレをぴかぴかにし、部屋を片づけてきれいにし、ベッドのシーツを替え、メイド仲間で新しい親友のマルタから教わったとおり細心の注意を払ってベッドメイクをするたび、これまで見つけられなかった仕事に対する自信が深まってきた。

今日、ビーは生まれて初めて、本当に価値のあることをなしとげた。一日働いて一日分の給料を得た。

眠りにつきながら、自分の人生が新しい可能性に満ちているように思えてきた。新しい展望が開けてきた。新しい夢だ。それはかつてビーが抱いていた夢よりはるかに平凡な夢だった――彼女を愛し、大切にしてくれる人を見つけるというような、彼女の父親が決して抱かないような夢だった。それでも、はるかにもっと達成可能な夢だった。なぜならビーが夢をかなえるために今すべきことは、トイレの正しい磨き方を学ぶことだけだったからだ。

ところが三週間後、ビーは自分がとんでもない判断ミスを犯していたと知った。思い切って賭けに出たこの行動のせいではなく、自分の新しい人生が想像していたほど単純なものではないと思い知らされることとなった。そしてメイソンはビーの新しい人生でも、相変わらず彼女の人生の一部なのだと……。彼に連絡する勇気がビーにあろうとなかろうと。

7

四カ月後

「シニョール・フォックス、プレジデンシャル・スイートは現在、新任の清掃主任が準備中でして、食事になさいますか、それとも……」

「とりあえず眠らせてくれ」メイソンはポルトフィーノのリゾートの支配人が話す、長たらしい歓迎の言葉をさえぎった。ニューヨークからジェノバまでのフライトと海岸沿いのドライブのあとで、彼はくたくただった――まったくの突然の旅で、五カ月前にジョーが雇った私立探偵が、ついにベアトリス・メドフォードの居場所の手がかりをつかんだのだ。

ジェノバ空港ではコンバーチブルの高級車だけでなく、運転手つきでレンタルすべきだったのだが、長時間のフライトで鈍った頭をすっきりさせる時間が必要だったし、探偵からの最新情報も欲しかった。

どうやら探偵は、メイソンがベアトリスに最後に会った十日後に、彼女がラパッロまで来たことをつきとめたらしい——だが、そこから先がわからない。

おそらくこの地域の贅沢なホテルの一つに潜んでいるのだろう。イタリアン・リヴィエラなら彼女にはおあつらえ向きだ。もちろん、まだいる保証はない。だがメイソンは居ても立ってもいられず、この知らせを何カ月も待っていたために、ロング・アイランドでモーテル・チェーンを買収する慎重な交渉を重ねている最中に、途中で打ち切って、はるばるイタリアまで飛んできたのだった。

だが海岸沿いに車を走らせながらも、絵のように美しい海岸線は彼の気分を少しもよくはしなかった。

女一人がどうやって完全に行方をくらましていたのだろう。なぜいなくなったのだろう。さらに彼女がいなくなってからというもの、なぜデートどころか、ほかの女性を見向きもしなくなったのだろう。

なぜならベアトリスを見つけようとする決意が、彼女が妊娠していないことを確認する必要以上に大きくなり始めていたからだ。

目を覚ますたび、興奮状態で彼女を求め、心臓の鼓動が速まり、体はもう一度彼女に触れたくてたまらなくなる。さらに自分のもとを去っていったとき、彼女の取り乱した顔の記憶が彼の意識の中に入り込んできて——そのたびに、いらだちが募ってくる。

メイソンは自分の過去の行いで苦しんだりしない。それにこだわるのは後悔と優柔不断、そして何より最悪なのは、弱さにつながるだけだからだ。いずれにしても、ベアトリスは姿を消すことで、彼に近づいた理由を釈明する機会を自ら拒んだのだ。

それでも、ベルボーイを追い払って自分でバッグを運びながら、ベアトリス捜しは彼の強迫観念となって頭から離れなくなるのではないかと思えてくる。

「部屋の清掃はあとですませるように言いましょうか、シニョール?」プレジデンシャル・スイートのドアを開けながら、支配人が言う。

居間は明るくて風通しもよく、ここは掃除が行き届いている。湾を見晴らす眺めがすばらしい。だが部屋の家具は使い込まれて時代がかっている。どう見ても一九九〇年代のデザインで、メイソンが見る限り、部屋全体に新しくしたほうがよさそうだった。

「いや」メイソンはソファにバッグを置いた。「続けてもらってくれ。邪魔にならなければいい」そう言い添えて、支配人を部屋から追い出した。

今は一人になりたかった。気分を一新すれば、自分が何を考えていたかわかるかもしれない。ほとんど知りもしないくせに、頭から離れない一人の女を追いかけてイタリアまで飛んできたりして。

靴を脱いで寝室へとバッグを運び、バルコニーへのドアを開けると、海辺の眺めが眼前に広がった。

海の空気に研磨剤のラベンダーとポプリの香りが重なる。八月の太陽が雲間から顔をのぞかせ、この時季にしてはさわやかな気候だった。メイソンはしばらくたたずんで景色を眺めた。港を見おろす明るい色の家々が絵のように美しい。不釣り合いな大型ヨットが観光船や青緑色の海面に揺れる漁船を小さく見せている。このホテルに改築された古い館(カステッロ)は、リグリア海を見おろすうらやましい立地にあったが、漆喰(しっくい)のひび割れや下の壮麗なテラスには退色が目についた。そこではまばらな宿泊客が古びたプールのそばでくつろぎ、海風に身をさらしている。

間違いなくリゾート開発の機は熟している。なのにメイソンの頭の最重要部にはビジネスのことはなかった……。この五カ月足らずの間ずっとそうだ。

なぜならあの三月の夜以来、彼はずっと気をそらされてばかりで、いらだちを募らせてきたからだ。

今すぐどうにかしなければ。たぶんそれが理由で彼はここまで駆けつけたのかもしれない。いつまでも消えないあの夜の影を追いかけるためでなく、この不健全で不条理な執着にきっぱりと終止符を打つために。ベアトリスが妊娠しているはずがない。妊娠していれば、彼か姉に知らせたはずだし、彼から養育費を奪い取っていたはずなのだから。

トイレの水を流す音で彼は考えごとから我に返り、姿の見えない女性がポップスをハミングする声が聞こえてきた。甘く誘惑するようなメロディが寝室の隣のバスルームから聞こえてくる。メイソンの下腹部でアドレナリンがいっきに噴出した。

誘惑する？　まさかあれは……？　メイソンは体が張りつめ、その反応に衝撃が走った。メイドが英語の歌詞を口ずさんでいる。聞き覚えのあるアクセントで。そうとも、彼は本当に正気をなくしてしまったのか、あの声はまるで……。

するとメイドがバスルームから出てきた。うつむいて、バケツとモップを持っている。顔は見えず、頭の近くで短く切りそろえたブロンドの髪だけがショートキャップからのぞいている。それでもホテルの青い制服が描き出すほっそりした体の線と、バスルームのドアを閉めようとして向きを変えたとき見えた、丸みをおびた腹部は隠しようがなかった。

アドレナリンの噴出は大波となって、猛烈な勢いでメイソンに襲いかかった。なぜこのメイドがこんなにもベアトリスを思い出させるんだ。第一、髪が短すぎる。あの夜出会った社交界のプリンセスが、生きるために働いているなんて絶対ありえない。おそらく、この女性の妊娠している体つきが、あの夜以来ずっと彼を苦しめてきた、自分の子供が彼女の中で育っている夢を思い出させたのだろう……。

だがそのとき、彼はバニラの香りに衝撃を受け、混乱の波が熱気をおびて襲いかかった……。力強く、挑発的で、はっきりとなじみのある香りだった。

「ベアトリスか？」抑えた声で言い、自分は夢を見ているのか、正気を失ったかのどちらかだと思った。

メイドが顔をあげた。手からバケツが落ち、汚れた水がカーペットに飛び散った。「メイソン！」ささやき声で言い、彼と同じく衝撃を受けている。

ベアトリスだとはっきりわかると、メイソンは立っていられないほどの驚きに見舞われながらも、彼女の紅潮した顔から――ボーイッシュなショートカットに視線を吸い寄せられたあと――もはや隠しようもない腹部のふくらみへと視線をすえた。

やはり彼女だった。こんなことがありうるのか？

メイソンの注目は何より彼女の腹部に向けられた。すると、驚きは怒りと不信感と……さらに不穏な欲望が入り混じった感情に覆い尽くされていった。

「それは僕の子か」怒りにざらつく声で彼は言った。

〝それ〟ですって？

憤りがビーの体に一挙に押し寄せてきて、続けざまにさまざまな感情に打ちすえられた――ショック、パニック、罪悪感、興奮――興奮？　まさか。

ビーは赤ん坊が育つ場所を片手で包み込み、三メートルも離れずに立つ、ぎらつくエメラルド色の瞳の男から本能的に赤ん坊を守ろうとした――二度と会うまいと言い聞かせてきた男だった。心の準備ができるまでは。「いいえ、それはあなたのではなく、私のものよ」起きながら見る悪夢に見舞われたような事態に、落ち着いた声が出せたのが驚きだった。

メイソン・フォックスは何をしているの？　ビーが働くホテルのプレジデンシャル・スイートで？　支配人のファブリツィオ・ロマーノから三十分ほど前に聞いた、最重要人物のゲストとは、彼のこと？

それともこれはメイソンの幻？　何カ月もの間、正確には、ドクター・ロッシから妊娠していると告げられてから四カ月と二十一日の間、必死で無視しようとしてきた罪悪感が恐ろしい形をとって現れたもの？　でも長身で肩幅が広く、はき古したジーンズにTシャツ姿のこの男は顎に無精髭を生やし、濃い栗色の髪を手櫛で波打たせ、瞳は明らかなショックで見開かれ、日焼けした顔は怒りで赤らんでいる。あまりに真に迫って存在感があって近づきがたく、罪悪感が創り出した空想の産物とはとても思えない。

「質問に答えろ、僕が父親なのか？」彼は言い、片手をあげてビーの腹部を示したが、視線は彼女の目から離さない――まるでその妊娠の証拠がメドゥーサで、見てしまえば石に変わってしまうかのように。

　再会の衝撃からビーを守っていた憤りに――彼が覚えていたとおりのなんでも簡単に決めつける、ろくでなしのままだとわかって――嫌悪感が加わった。心の一部では違うと嘘をついて、メイソンの子供ではないと言ってやりたかった。あまり喜んではいないように見えるからだ。ビーの赤ちゃんは誰よりも価値ある存在だ。父親も含めてそうあってほしい。

　四カ月半前、妊娠しているとわかったときの衝撃は大きかった。最初の徴候をすべて想像妊娠のせいだと決めつけていたからだ。疲れやすいのも、生理が軽いのも、胸が敏感になったのも、夜明け前に起きて八時間ぶっとおしで働かねばならないことからくる、これまで労働とは縁のなかった体へのショックのせいだと思い込んでいた。

　それでも体調の変化を認めると、その後の選択肢を告げられ――ドクター・ロッシは慎重な声できいてきたのだが――取り組むべき大きな問題となって迫ってきた。なぜならビーは新しい現実を受け入れ、中絶は望んでいないと気づいて、今後は臆病で利己的で、愚かで無謀な、衝動的な過ちを犯せば、必ずなんらかの結果がついてまわるとわかったからだ。

自分ばかりでなく、無防備な幼子にも。

ドクター・ロッシのオフィスで人生が変わる瞬間に見舞われる前は、このホテルで自力で生きていけると証明するつもりでいた。でも子供が生まれるとわかると、ビーの決意はほとんどくじけそうになった。もう少しで姉に電話して助けを求めそうになり、あげくには――つわりと闘いながら、ハネムーン・スイートのみだらなパーティのあとを清掃する過酷なシフトの最中、特に落ち込んだときには――ロンドンの父親の家に戻ろうとさえした。それでもパニックや苦痛、妊娠初期の体の疲労をなんとか乗り越えて、さらに仕事に集中できるようになっていった。

以来、ビーは何カ月も身を粉にして働き、シニョーラ・ビアンキが休暇を取らねばならなくなったとき、一時的に昇進し、二段ベッドの寮から出てホテルの敷地内に自室を構えることさえできた。もうメイソン・フォックスが軽蔑をこめて呼んでいたような社交界のプリンセスではなかった。ずっとしいたげられ、自力で生きようとする前に逃げ出していた、かわいそうないつもおびえていた少女でもなかった。

ビーは今、さらに強く、固い決意を秘めた女性になっていた。今はまだ自分の人生や赤ん坊の人生について長期的な計画はなく、まだ困難に立ち向かっている最中なのかもしれない。だからメイソンには何カ月も連絡しないでいた。それでも、この子を産む決心をした。独りで。だから、赤ん坊の人生には彼を必要としない。この子を産む選択で、彼の立場について、嘘をつくのは間違っているかもしれないけれど、彼に逃げ道を与えることはできる。

「あなたが父親になる必要はないのよ」ビーは懸命に彼にわからせようとした。「なりたくなければ」

彼のしかめっ面が怒りにゆがんだ。「それはどういう意味だ？　僕がその子の……」彼は言いよどみ、ビーが出会って以来、初めて自信なげに見えた。彼の喉仏がごくりと動いた。まるで〝父親〟という言葉さえ口にするのが難しいかのように……。「僕がきみを妊娠させたのか、させなかったのか」ようやく言葉を続ける。「どっちなんだ？」

「あなたの精子が私の子供を作ったのか、ときいているのなら」ビーは言い、答えを迫る視線から守るように、腹部のふくらみに手のひらをあてた。「そうよ、そのとおりよ」

彼はまた悪態をつき、ビーは身をこわばらせた。

「でも、私としては、あなたとの関わりは終わってるわ」そう言葉を継ぐ。だがビーの声は揺らぎ、彼女の決意も覚悟も――この五カ月懸命に働いて身に着けた勇気も――怒れる彼の顔を前に薄れていった。

「終わりなどありえない」彼の視線がビーの腹部をじっと見まわし、両手で顔をこする。「僕のＤＮＡを受け継いだ子がこの世界を歩きまわるようになるんだ。関わりはある」ビーは彼の指が震えているのがわかったが、その手はズボンのポケットに突っ込まれた。彼のパニックの証拠をかいま見て、ビーは彼女自身のパニックが少し収まった。

この男は数カ月前、ビーにひどい仕打ちをした。正当な理由もなく。彼女に弁護をする機会さえ与えずに。なのに今になって、傷つけられた当事者のように彼が振る舞う権利がどこにあるのだろう。

「僕の子を宿したといつ知らせるつもりだったんだ？」彼の声も震えているのがビーにはわかった。

すると突然、ビーは理解した。彼は憤怒(ふんぬ)の壁で恐怖をおし隠そうとしている。妊娠の知らせに慣れるのにビーは何カ月もかかったが、彼が知ったのはほんの五分前だ。彼が善人とは信じられないまでも、あれほど冷たく彼女を捨てたあとで、おそらくショックを受けてはいるのだろうと思った。

胃のこわばりが緩み、自分には価値がないと思わされてきた感情が――幼少期も思春期も父親をなだめようとするたび、ひどく傷つけられ、軽んじられてきた感情が――少し薄らいだ気がした。

「わからないわ」ビーは正直に答えた。「あなたの怒りに向き合う準備ができたとき、かしら」

メイソンは眉をひそめて再び悪態をついたが、頬を赤らめ、テラスのドアのほうへと歩いていった。

顔を赤らめて、彼は恥じ入っているのだろうか。

ビーはメイソンに続いてテラスに出た。驚いたことに、彼は寝椅子の一つに腰をおろし、膝の上に腕をのせて水平線を見つめている。もう怒っているようにも、ショックを受けているようにも見えず、ただ打ちのめされているように見える。

「怒ってはいない」彼の視線はビーに注がれ、やがて腹部のふくらみに集中した。その視線がビーの顔に戻ったとき、彼の目には、〈ポルトフィーノ・グランデ〉に彼が現れたときに見せた驚きよりも、さらに大きな衝撃が映っていた。

半信半疑で、混乱し、やがて事態を自覚して……。

「僕はただ……」彼は顔から髪を後ろにかきあげ、再び入り江を見つめたが、ただぼんやり目を向けているだけで、有名な港も、海を縁取る緑の海岸線も、見てはいないとビーには思えた。「自分が今、何を感じているのかさえわからない」

ビーは彼の向かいの寝椅子に腰をおろした。同情心がこみあげてきて、自分でも驚いていた。それでも、自分の感情をどうしたらいいかわからないほど怖いことはないとよく理解していた。そして彼女はメイソン・フォックスは感情を持てあますどころか、自分の感情をよくよく考えたことすらなかったのではないかとさえ感じた。だからこうなったのだと。

「そうよね」ビーは言った。「私も医師から検査の結果を告げられたとき、ショックだったから」

だが彼は首を振り、非難がましい視線で一瞬の安らぎを打ち砕いた。「それは正確にはいつだ？」

ビーの脈拍は跳ねあがり、胃に緊張が戻った。彼女は立ちあがり、震える手のひらで制服をなでおろすと、自分を落ち着かせた。彼の怒りに向き合う前に、防御を固める必要があった。

この赤ちゃんは予定外であっても、ビーはそれ以上に、ともに生きていこうともう準備を進めていた。

「あとでもう一度会って話し合ったほうがよくないかしら」ビーは提案した。ポルトフィーノでメイソンに会った衝撃が静まらないうちに、彼から尋問を受けるつもりはなかった。ビーはバケツを落としてカーペットに作った染みに視線を向けた。「この染みをきれいにして、シフトを終わらせないと」

それでもビーが立ち去りかけると、メイソンはさっと立ちあがって手首をつかんだ。「そう急ぐな」

ビーの腕に彼に触れられた衝撃が走り、ビーは引っぱって緩めようとした。「お願い、触らないで」

メイソンは顔をしかめたが、彼女を放した。「わかった」彼が手をズボンのポケットに戻す。「だが今すぐ答えが欲しい。待つつもりはない」

ビーは顔をしかめた。「でも、仕事なのよ」

メイソンは苦笑いを浮かべた。「これは何かのジョークか？」指を振って彼女の制服を示す。「いつから生活のために働くようになったんだ？」

背筋がこわばり、今度はビーが彼をにらみつけた。

彼は以前、ビーをパーティを渡り歩いてばかりで、プライドも自尊心もないのかと非難した。そのとき彼は部分的には正しかった。でも、もはやビーは彼の言うとおりではなく、彼にもほかの誰にも、自分が生活のために働いていることや、この五カ月でなしとげたことをけなしたり、軽く見たりすることは許さなかった。メイドという職業は人の努力の最高点ではないかもしれず、収入は彼とは比べものにならないかもしれない。それでも今の彼女には並はずれた職業倫理があり、比類ない優秀さを誇っている。

「私が自活すると決めたときからよ」ビーは胃がきつく締めつけられながらも、努めて冷静に答えた。「だから、もうあなたのような男たちの言いなりになる必要はないの」ビーはメインのリビングエリアに戻り、ひざまずくと、女王のような確固とした威厳をもってカーペットの清掃にかかった。

メイソンがあとを追って部屋に入ってくると、からかいを含んだ声を無視するのは不可能だったが、ビーは顔をあげなかった。彼がここに現れた意味をもう一度よく考え、はっきりさせる必要があった。

だがそのとき、メイソンが内線電話に向かって話す声が聞こえた。「部屋を清掃するメイドをもう一人よこしてくれ」

彼はビーが抗議する前に電話をがちゃりと戻した。

「何……何をするの?」ビーはさっと立ちあがった。「私はちゃんと仕事を終えられるわ。横暴で、偉そうに……あなたにそんな権利はない——」

「どんな権利だってあるさ」彼はさえぎり、憤慨するビーをよそに、怒気を含んだ声でゆっくり言葉を継いだ——一瞬もからかうようすを見せず、日焼けした肌が怒りで赤く染まっているのがわかる。「大金を払う宿泊客なのだから。それに、僕はきみにカーペットの清掃などしてほしくない。僕はきみの居場所をつきとめるのに何千ポンドも費やした——昨日はハンプトンズでの重要なプロジェクトを中断し、深夜のフライトを捕まえてここにやってきた——きみを見つけて話をする淡い希望を抱いてだ」視線が再びビーの腹部に向いた。「僕の子供を宿している事実が知られないうちに、僕に告げもせず、ここに身を潜めてメイドをすることを選んだ」怒りに声を張りあげる。「まる五カ月もだ」

ビーはたじろぎながらも、弱みを見せまいとした。言い返そうとして口を開いが、すぐに閉じねばならなかった。マルタがスイートルームのドア口に来て、不安げに、動揺した顔で立っていたからだ。

「シニョール・フォックス、お部屋の清掃にまいりました。支配人のロマーノが、ベアトリスの仕事ぶりに問題があればお教え願いたいそうですが」マルタは言い、ビーに申し訳なさそうな視線を送った。

マルタは気難しい客の対応には慣れている。いつもビーをかばってくれるし、妊娠初期のひどく疲れやすいころは特にそうだった。けれど今、マルタの〝大丈夫、私がついてるから〟という視線に、ビーは神経が張りつめ、胃が硬くこわばった。

マルタでも、この状況の助けにはならない。

「彼女の仕事に問題はない」メイソンは声をあげた。「だがロマーノには、今日はもうベアトリスを休ませると伝えてくれ」

マルタは顔を赤らめたが、驚きを見事に隠した。

「はい、シニョール」

メイソンがビーを振り返り、ビーはその傲慢な表情に一瞬言葉を失った。「三十分やるから、着替えて、ホテルの前庭に駐めてある二人乗りの赤い車のそばまで来るように。僕を捜しに来させないでくれ……もう二度と」そう言い残して、バスルームまで歩いていくと、ドアをばたんと閉める。

ビーは立ち尽くし、身を震わせ、今では胃がきつく締めつけられて、考えることも身動きもままならなかった。さらに悪いことに、この五カ月、独りで生き抜いてうまく手なずけてきたはずのパニックと寄る辺ない感覚が忍び寄ってきた。

マルタの手がビーの肩に触れた。「あの男は誰？　あなたをおどしてるの？」

ビーは首を振った。おどされてなどいない。少なくとも、それだけは本当だった。

「赤ちゃんの父親？」マルタは尋ね、ビーを一瞬、驚かせた。なぜわかったのだろう。そんなにわかりやすいのだろうか。ビーはうなずいていた。「赤ちゃんの存在を知らなかったのね？」マルタが言い添え、ビーはまたうなずかざるをえなかった。「それであんなに怒ってるのね、違う？」

「そんなところね」ビーはつぶやいたが、マルタの観察の鋭さはビーに不快な事実を突きつけていた。何カ月も前にメイソンには知らせるべきだったのだ。

「ファブリツィオによると、とてもお金持ちで権力者だそうだけど」マルタは口元をゆがめた。「とてもセクシーね。でももしあなたが彼と一緒に行きたくないのなら、私は彼にあなたの体調がよくないと言うけど。そして彼が行ってしまうまで、ファブリツィオと協力してあなたを守ってあげる」

ビーはまばたきし、マルタを抱きしめたくなった。

親友の寛大な申し出を受けて助けてもらえば、逃げられるかもしれない。でもどこへ行けばいいの？ここで人生を立て直し、赤ん坊を育てようとさえ考えていたのに。さらに世界をも支配しそうなメイソンが相手では、メイド仲間が最重要人物のゲストに逆らおうとすれば、ビーだけでなくマルタの立場も危うくなるかもしれない。いくら運悪くビーと親友になったからといって、マルタがメイソンとビーのもめごとに巻き込まれるいわれはないのだから。

ビーは首を振らざるをえなかった。「大丈夫よ」

メイソンが言うことにも一理ある。二人は話し合う必要があった。厳密に言えば、数カ月前に勇気を出しておこなうべき話し合いだった。これ以上避けても、なんの解決にもならない。

「ありがとう（グラッツィエ）、マルタ」ビーは感謝をこめて親友を抱きしめた。「彼と一緒に行って、こんなことは終わりにしないと……」でも話し合ったからといって何かが終わるとは思えない。「でも私がミスター・フォックスと午後を一緒に過ごしている事実は、黙っていてくれるとありがたいわ」

ホテルには宿泊客との交際について制限があった。だが制限を破ることを、ビーはさほど心配していなかった。なぜならメイソンが午後を一緒に過ごすようにビーに命じたことからして、彼自身がビーの立場を考えてないのは明らかだったからだ。

でも率直に言って、傲慢さを名誉の印のように身につけ、明らかにビーを取るに足りない存在だと考えているような男に、何が期待できただろう。

マルタはうなずきながらも、口元をゆがめた。

「一番いい服を着て見せつけてやりなさい」マルタはバスルームのドアに目を向けた。シャワーを浴びる音がしている。「あんな男は待たされて当然よ。わからせてあげなさい――あなたがメイドだからって、言いなりになりはしないって」

ビーはうなずいた。それでも裏階段をおりていきながら、マルタは間違っていると、恐ろしい気分に見舞われていた。言いなりになってしまいそうなビーが自分の中にまだ潜んでいて、いざというときまた現れてきそうな気がしていたからだ。

それから優に四十分後、ビーはホテルの敷地を突っ切って前庭に向かっていた。かなり悩んだ末にヒマワリ柄の薄手のサマードレスにした。胸まわりと腹部がきつかったが、ほかは体を引き立ててくれる。

メイソンは長身の大柄な体で高価なスポーツカーに寄りかかり、車を小さく見せていた。待ちきれずにいたのか広い胸の上で腕組みをして、上腕二頭筋に描かれたタトゥーが強調されている。目はビーの月給よりも高そうな操縦士用のサングラスでさえぎられていたが――顔をしかめているのがよくわかる。

「遅い」非難がましく言う。

ビーは舌を歯ではさんで、反射的に出そうになった遅刻への謝罪の言葉を抑え込んだ。メイソンは礼儀など気にしない。それはもうわかっている。いずれにせよ、謝ることなど何もないのだから――少しの間、妊娠を隠していたことくらいで。

「あなたの言いなりにはならないわ」ビーは答え、メイソンが身をこわばらせ、背筋をぴんと伸ばして立ちあがるのを見て、うれしくなった。

彼にまだ怖じ気づいていると思われては何もいいことはない。ここは動揺などしていないと見せかけるしかない。とりあえず、自分に自信が持てるようになるまでは。簡単なことだ。彼は眉をひそめ、それでも助手席側のドアを開けてくれたので、さっきのビーの威勢のよい返事が彼を驚かせたのだとわかった。強面のビーを演じて、効果があったのだ。

「乗るんだ」彼が言う。

ビーはじっと二秒も彼をにらみつけ、ちゃんと用意ができてから車に乗るとはっきり示し、身をかがめてゆっくり助手席に乗り込んだ。

8

「お願い、スピードを落として」

メイソンはビーにちらりと目を向け、誰の指図も受けないと言う前に、視線が彼女の腹部に釘づけになった。彼の脈拍は危険ゾーンにまで跳ねあがった。

ビーは落ち着いているようだ。短い髪が顔に張りつき、見事な体の線が強調されて、シンプルな綿のドレスが胸のふくらみを描き出している。最後に会ったときより胸が豊かに見えるのはなぜだろう。これも妊娠のせいなのか。彼の子供がもたらした体の変化なのか。彼の子供。喉をごくりと動かし、妊娠について詳しくききたい衝動に駆られて驚いた。

そして、車のシートをつかむ彼女の指の関節が白くなっているのに気づいた。メイソンはとっさにアクセルを緩め、次のカーブを曲がった。車は海岸沿いの道路をラパッロ方面へ戻っている。

彼は車をローギアにし、道路の分かれ道を進んで、半島の突端にある断崖の上の高級レストランへ向かった。ビーを待つ間に、携帯電話でミシュランの星を獲得したトラットリアを探しあて、大金を払ってテーブルを確保し、午後のほかの予約客もキャンセルさせ、客たちには相応の埋め合わせをした。

丘の頂上にあるレストランに着くと、岬が見渡せるテラスに、テーブルが一つだけ用意されていた。

支配人があわてて出てきて二人を迎えた。「シニョール・フォックス、〈デル・マーレ〉にようこそお越しを」彼はお辞儀をしながら、ベアトリスの側のドアを開けた。「私はジョヴァンニです。ご要望どおり、準備はすべて整っております」

「すまない（グラッツィエ）」メイソンは小声で答えると、車から降りて駐車係にキイを手渡した。

ところがジョヴァンニの後方で、メイソンがレストランにエスコートしようとベアトリスの腰に手をまわすと、彼女は体をこわばらせて身を引いた。

「だめよ……ここで食事はできないわ、メイソン」ベアトリスがささやき、頑固に顔をしかめる。

「何がいけないんだ？」メイソンの視線がさっと彼女の腹部に向いた。「シーフードか？」彼は尋ね、妊婦が何を食べていいのかよくないのか、自分にはまったく知識がないことに気がついた。

「違うの……シーフードは問題ないの。ただ……」

ベアトリスは支配人をちらりとうかがった。気を遣って離れたところで待っている。彼女が身を寄せてくると、バニラの香りがメイソンの肺をいっぱいに満たした。「ここで食事をする余裕なんてないわ」

メイソンはしばらく彼女を見つめた。冗談だろう。

「僕が払う」彼はこともなげに言った。

「あなたは払わなくていいわ」強く言い張る。「割り勘にしましょうよ」ベアトリスは両手を広げて高級なレストランとテラスを示した。テラスは垂れさがる藤の花で縁取られ、息をのむ海岸線の眺めが眼下に広がっている。二人のために特別にセットされた一つだけのテーブルで、銀のカトラリーとクリスタルのグラスが陽光を受けて輝いている。「でもここは予算外よ」さらに言い添える。「もう少し安いところを探さない？ ラパッロに十ユーロ以下でランチが楽しめる、おいしいピザの店を知ってるわ」

今度は彼が顔をしかめた。本気で言っているのだ。一瞬、メイソンは言葉を失った。社交界のプリンセス、メドフォードのアイス・クイーン、贅沢な暮らしに親しみ、支払いなど他人任せだった女性に何があったんだ。数カ月前ベッドをともにした女性とは明らかに違う。もちろんこうなると予期しておくべきだった。何しろ二流ホテルで生活のためにトイレ清掃をしているところを見つけたばかりなのだから。

だが彼の驚きは、やがていらだちに変わった。

現金が必要なら、彼に連絡する正当な理由があったはずだ。なのに彼女はそうしなかった。

彼の一部では——大きな部分では——この新しい、進化したベアトリスが好きではなかった——なぜなら、彼女を望みどおりにするのがさらに難しくなるからだ。だが別の部分では、彼女がなしとげたことに、不承不承ではあったが尊敬の念を抱いていた。

そして彼に対するベアトリスの元気な反応を見て、大きな興奮も覚えていた。信じられないことに。

もちろん、ベアトリスがここに隠れているのは愚の骨頂だった。彼女を養える以上の力がメイソンにはあるのに、最低賃金の仕事で生計を立てようとしているのだから——彼女にはちゃんと話すつもりだった。それでも、これ以上〈グランデ〉では働かせないと決めていながら、彼の言うとおりにしろとはまだ強く要求する気になれないでいた。

かつて一度、メイソンは彼女の気持ちをくじいてしまった。そして以前そうしたときに比べれば、今はまったく自分を正当化できないと思いだしていた。

もちろんレストランの変更は譲れないが、ベアトリスのプライドを傷つけずに、ここで食事をすることに同意させる方法は考え出せる。

「人目につくところで食事はしたくないんだ、ベアトリス」彼は説明した。「二人一緒の写真がマスコミに渡ったら、問題を抱え込むことになる……」

僕たちがすでに抱え込んでいる大きな問題に加えてだ――僕がきみの赤ん坊の父親だと知らせもせず、ポルトフィーノに身を潜めたりするからだ。

ベアトリスがまばたきした。今思ったことに気づかれたはずがないのに。メイソンは別の思いが頭をよぎる前に、腹立たしい気持ちを締め出そうとした。

彼女は妊娠のことを僕に話す気があったのか？

「ちょっと考えすぎじゃない？」ベアトリスが言い、頑固にあげた顎のラインが和らいだ。「ラパッロのピザ店にイギリスのタブロイド紙の記者がうろついてるとは思えない。それに私はもうニュースにならないわ。メドフォードのアイス・クイーンはもういない。いい厄介払いができたと思われてるわよ」

その鋭い切り返しにメイソンは驚いたが、ベアトリスがかつてそうだった女性はもういないと告げた、激しい口調ほどではなかった。つまりマスコミや父親がそうであるかのように作りあげたということなのか。これが初めてではなかったが、なぜそんなイメージに疑問を抱かなかったのかと、彼は思った。

「きみの妊娠は明らかだ」彼は言い、説得力を持たせようとしたが、こんな議論はなんの解決にもならない。「それに、もし僕たち二人の打ち解けたようすがソーシャルメディアに投稿されたら、前回僕たちが一緒にインターネットをにぎわせてからちょうど五カ月半が経っている。マスコミが誰の子供かつきとめるのに時間はかからない」彼は続けた。

メイソンは苦い思いで再び喉がつかえた。なぜベアトリスは話してくれなかったんだ。彼が父親にはふさわしくないと思ったのか。そうなのか。

「午後はずっとこの場所を貸し切りにしてある。だから、誰にも聞かれずに話し合いができる」

「そんなことができるの？」彼女は尋ね、目を見開いて、またとりとめのない話を始めた。「このレストランは何カ月も先まで予約でいっぱいなのに」

「この話し合いにはプライバシーが必要なんだ」彼は言い、はやる気持ちといらだちで欲望をくじいて気をそらし、すぐに本題に入った。「ここの支払いは僕がする。もし割り勘にしたければ別の機会に払えばいい。だが今は時間と金がむだになっている。それになぜポルトフィーノでトイレ清掃をするほうが、僕が父親になると知らせるより意味があると考えたのか、それを僕に話すのを避けるための時間かせぎではないかと思い始めているんだが」

ベアトリスが身をこわばらせ、メイソンは彼女の瞳が罪悪感に陰るのを見た。あたりだ。たぶん彼女は心底自立したかったのだろうが、この話し合いをしたがってもいないらしい。こうなると、厄介だ。

「それは事実じゃないわ」ベアトリスはようやく言ったが、声の震えは別のことを物語っていた。

「ではそれを信じて、もうよけいな議論はなしだ。僕は五カ月もきみを捜していた、ベアトリス。だから僕には知る権利があると思う。なぜその子のことがわかってすぐ僕に連絡してこなかったんだ」そう言うと、あえて腹部のふくらみに目を向けた。ありがたいことに、今は動揺の度合いが七どまりだった。

ベアトリスはまだ何か言いたげだが、ハンドバッグのストラップを握りしめ、メイソンと支配人の間で首を振っている。まだ迷っているのがわかる。べアトリスはどうしても感情が表に出てしまうようだった。ありがたいことに、そこは変わっていない。

彼女の視線がようやくメイソンと合い、ため息をついた。「わかったわ。でも、また食事をともにする機会があったら、私がお金を払うわ」

「わかった」彼はぴしゃりと言うと、ベアトリスの肘を取り、レストランへと導いた。

ビーはよどみなく続くウエイターの特別メニューの説明に耳を傾けていたが、ひとしきりそれがやむと感謝した。背筋をまっすぐ伸ばして座り、水平線を見つめる。人けのないレストランの贅沢な時間が落ち着かず、もう一つの人生に引き戻されたような気分だった――そして向かいに座る男がじっと向けてくる視線にも。彼の視線を感じ、テーブル越しに彼の力強い存在を意識する。一夜をともにした記憶がよみがえり、落ち着かなくなる。

彼がビーの心を読めるように、ビーも彼の心が読めればいいのに。赤ちゃんのことを知らせなかったビーに、彼が激怒しているのはわかっている。ビーはその反応を理解し、向き合おうともしていた。それでもなぜか、今の無言で値踏みするように向けてくる視線は、さっきの彼の怒りよりさらにもっとビーをいたたまれなくした。

ビーはメニューを取りあげた――手の震えを止めるためだ――そして彼のほうをちらりとうかがった。思ったとおり、彼はビーを見ていたが、険しい表情は敵意というよりは、どこかもの思わしげだった。

ビーは肺につまった息を吐き出した。対立を招かないようにできるなら、それに越したことはない。

ビーは彼のレストランの選択について声に出してはっきり意見が言えたことを喜んでいた。たとえ彼に反対意見を押し切られたにしても。なぜなら彼にランチに行こうと誘われたとき、うまくいかなくても、彼には話し合う意思があると感じられたからだ。

ウエイターの説明が終わると、ビーはメニューの中から唯一思い出せるメインの料理を選んだ。メイソンも同じものを注文した。

ウエイターはメニューを受け取ると立ち去った。だがビーがあいた両手を膝の上に置こうとすると、メイソンがテーブル越しに身を寄せ、ビーの手首をつかんだ。その感触はいつものように衝撃で、ビーは体の震えが抑えられなかった。彼がビーの拳を押し開き、荒れた手のひらを親指でなぞる。

ビーは手を引っぱって自由にした。気後れする必要などないのに、愚かなまでにたじろいでいる。今は生きるために働いている。なぜそれを恥じるの？

「いつからメイドとして働いている？」彼がきいた。

ビーは頬が熱くなった。「もうただの清掃係じゃないわ。清掃主任よ」

彼が口元をゆがめ、かすかに浮かべた笑みに、ビーは背筋がこわばった。たぶん新たにうかがえたビーへの敬意は、買いかぶりだったのかもしれない。

「そうか、ではいつから清掃主任をしてるんだ？」

「長くないわ。シニョーラ・ビアンキのご主人が脳卒中で倒れて、彼女が休みをとってからだから。マルタはよけいな責任はしょい込みたくないみたいで、私が引き受けたの」ビーは言い添え、ともかく沈黙を埋め、今の自分をもっと理解してもらおうとした。「マルタには幼い子供が二人いて、ファブリツィオは時給を五ユーロ上乗せするだけで、夏の間、主任の仕事を引き継いでくれと私に言ったのよ」早口で続ける。「勤務のシフト表を組んで、毎日三時までに部屋の清掃をすべて終え、新しいスタッフの教育もしないといけない。それに清掃用品のストックを確認し、クリーニングの手配だってしないと……」

彼が片手をあげると、ビーは黙り、ばかにした、否定的なことを言われるかと身構えたが、代わりに彼はつぶやいた。「ずいぶん仕事に詳しそうだな」

「そうよ……好きだから」ビーは言い、その告白に自分でも驚いていた。この五カ月で、ビーはとても多くのことを学んだ——大理石の床を拭くとき水気を残さない方法、ベッドのシーツに張りをもたせる方法、ほかにも多くの清掃のこつを学んでチップが多く稼げて、部屋を細部まで清潔にし、時間どおりに仕事が終えられるようになった。単調な重労働ばかりで、元社交界のプリンセスが憧れるような仕事ではないが、一時的にでも昇進できて、とても誇りに思っていた。少しでも大きな責任が持てるのが好きだった。そして臨時収入も大歓迎だ。暮らしは質素でも、働いた収入だけで暮らすのは難しく、生まれてくる赤ちゃんのためにも節約する必要があった。

「本当に？」傷跡の残る眉がつりあがった。「他人の散らかしたあとを片づけるのが楽しいのか？」

やはりそうだった。彼の言葉には軽蔑が感じられる。それがわかると、思った以上に傷ついているのがわかって、ビーは動揺した。でも彼にどう見られようとかまわない。絶対に。「私は昇進の話をしているのよ」ビーは言い返した。「あなたの質問への答えは、ノーよ。でも私は恥じていない。仕事だから。おかげで、もう誰にも頼らなくていいのよ」

メイソンはわずかにうなずき、これまで見向きもしなかったことに気づいたかのように目を細めた。

ビーの胸で誇らしさが芽ばえた。たとえ彼に認められないまでも彼に身を任せ喜びをただひたすら求めた無垢な女から、自分がどんなに変わったか見せつけるのは重要だと感じた。彼のような男にヴァージンを捧げ、自分を大人の女と認められたのだと納得した。そんなことができたのは自分だけなのだと。

「わかった」ようやく彼は言った。テーブルを指先でたたいている。「だからここに身を隠して、妊娠したことを黙っていようと決めたのか？　独りで生きていけると証明したかったんだな?」

彼の口調は驚くほど友好的で、なだめるようでさえあった。それでも彼が口に出さずにいることが聞こえるようだった――ビーが彼をいらだたせようとして自立したふりをしていると、彼は考えている。

彼女は深く息を吸い、ゆっくりと吐き出した。

ウエイターが炭酸水のボトルと焼きたてのフォカッチャ、それにつけるオリーブオイルのソーサーを持って現れ、ビーは考えをまとめる時間が持てた。

この五カ月以上もの間、なぜもっと早く連絡しなかったのかという彼の質問に、ビーは説得力のある答えを百通りも用意していた。それでも今ならわかるけれど、どれもが真実の一部と見え透いた嘘しか伝えておらず、妊娠の知らせに彼がどう反応するか、彼をよく知らずにめぐらした思い込みばかりだった。

あの朝、彼はビーには信じられないほど残酷だった――彼女を一方的に決めつけた言葉だけでなく、話し方も……。その前夜、彼は打って変わってビーを気遣い、優しく接してくれて、避妊具の欠陥の責任も認めた。ビーはあの二人の男のどっちが本物のメイソン・フォックスか、いまだにわからない――傲慢で、威圧的で、彼女にひどい仕打ちをしたろくでなしと、ビーを腕に抱き、そんなものがあるとすら信じられなかった喜びを味わわせてくれた男と。

ビーは苦しい胸から息をついて呼吸を整え、いたたまれなくなる気持ちを静めようとした。意識を集中する必要があった。彼がそばにいるだけで、いつも良識などかなぐり捨てたくなるからだ。

ビーは頭を垂れ、膝の上で固く握りしめた両手を見つめ、拳の指の赤らんだ肌と親指の小さな火傷の跡を見つめた。初めて自分の制服にアイロンをかけたときにできた小さな火傷で――喉を締めつける恥ずかしさをのみくだした。

「それもあったわ」ビーは認め、探ってくる視線と向き合った。本当は妊娠がわかってすぐ彼に連絡するべきだった。彼は正直に答えるべきだったし、ビーも答えられる限り正直な答えを返しただろう。

「あなたは……事実でないことで私を非難した。私は父の利益のために、わざとあなたを誘惑して結婚を申し込ませたりはしなかった」ビーはなんとか言ったが、声が弁解がましくなるのがいやだった。彼のまなざしが鋭さを増した。彼はまだビーがヴァージンであることを利用して彼を陥れたと思っているのだろうか。そう思われたとして、なぜビーが気にする必要があるだろう。彼が言ったことは醜く、ビーを傷つけた。ビーが無垢だったと彼が言いたてたことで、最初からあんな非難を浴びせることを許してしまったのだろうか。

それでも彼は何も言わず、挑発もしてこなかった。ビーは自分が言うべきことをさらに続けた。「でも、あなたは、あの日の午後、父から渡されたリストに載っていた何人かの男性の一人だった」ビーは喉につかえる屈辱の塊をのみくだし、かつて自分がどんなにたやすく操られるがままだったか改めて思い知らされた。父の皮肉な計略に闘いを挑もうとも――あらがおうともしなかった。「父は言ったわ……」あなたの指をあげて引用符をつけるまねをする。「あなたの〝注意を引く〟ようにと。だから父はスタイリストを雇い、高価なデザイナーズドレスを着せ、運転手つきの車で私をイベント会場に送り出したのよ。でも、あなたに会ったとき、私はあなたが誰なのか知らなかった。そしてあなたが私に名前を告げたとき……」鎖骨のあたりがかっと熱くなったが、ビーは言葉を続けた。「私はすでに……何かを……あなたに感じていた。そしてそれは父のリストとも、計画を実行することとも、なんの関係もなかった」

「何かを、か？」彼が漆黒の眉を片方あげ、疑い深げな表情がビーをとらえて片時も離さない。「きみはもっとうまくやるべきだったんだ、ベアトリス」

　なんてことを。彼は明らかに遠まわしな言い方は好みでないようだ。でも、なぜそう思ったのだろう。メイソン・フォックスは何より率直な人だ。それがあのとき、ビーが彼に惹かれた魅力の一つだった。

「だって、あなたはとてもセクシーで、私はあなたに応えた。誰かにあんなふうに反応できるとは思えないような応え方で……」ビーはそこでためらい、炭酸水をいっきにあおった。「セックスについてだけど」ビーはそう続け、レストランから人払いをするのに彼が大金を払ったのだろうと思うと、ふいに信じられないほどの感謝の気持ちがあふれてきた。

「私の父はあなたやジャック・ウルフのような男たちを引きつけるために〝メドフォードのアイス・クイーン〟を創り出したのよ」ビーは再び自分の手を見つめた。「私は長い間不幸せで、語学を学んでいつかヨーロッパ本土に行き、父の影響から抜け出そうと漠然とでも考えていたのに、言いなりになる娘だと父に思わせてしまった。そしてその事実について、父の誤解を解こうとはしなかったのよ」

　ビーは顔をあげ、彼の視線と向き合ったが、非難の表情は消え、代わりに心をかき乱す熱気を感じた。

　ビーはまた崖の向こうに目をそらし、彼の視線を無視しようとした。こんなにも惹かれる気持ちは、もちろん、あの夜の忘れられない喜びがどうしようもなくまだ残っているからにすぎない。

　狂おしいほどの相性のよさを、親密な心の通い合いや愛情と勘違いする罠にまたはまってはいけない──なぜなら傷つくことになるだけだからだ。

　ビーはメイソンの視線を受けとめた。「ロンドンを去るときは計画らしい計画はなかったわ」彼が何も応えず、反応も読み取れなかったので、ビーは言葉を続けた。「ただ、変えなければと思った。すべてを。偶然ラパッロにたどりついて、〈グランデ〉

の仕事は経験なしでできる唯一の仕事だったの。でも、しばらくするとうまくこなせるようになった」

ウエイターが再び現れ、トレイを持った女性アシスタントを一人従えていた。テーブルの上に料理がふた皿並べられ、銀の覆いをはずすと、注文したシーフードのリングイーネが山盛りになっている。

ビーは不安で胃が締めつけられた。ニンニク、ローストトマト、炭火焼きの手長エビの香りがビーの五感を満たす。それでも、これまでの人生でこれほど食欲が感じられないときはなかった。

ウエイターたちが立ち去ると、メイソンはフォークを持ちあげ、パスタを絡めた。彼が最初のひと口をのみ込み、それでもまだ何も話そうとしないので、ビーは胃にいらだちがどうしようもなく募った。

ビーは大きく咳き込んだ。

彼はパスタを口にかき込むと、ちらりと顔をあげ、ごくりとのみ込んだ。「どうして食べないんだ？」

本気で言ってるの？「おなかがすいてないからよ。食べられないわ。あなたの話を聞くまでは」

「なんの話だ？」

ビーは両手をあげ怒りをあらわにした。「すべてについてよ。父親になることについて、私を見つけたことについて、私が今言ったことについて……」

それでもフォークを皿に戻したとき、彼の態度はわざとらしくも反感をあおっているようにも見えなかった。ビーに読み取れたのはそれくらいだった。

「思うに……」顎がこわばってひくついていたが、彼の怒りはもうビーには向けられていないようだった。「きみの父親は弱い者いじめばかりで、きみを利用すること以外、何も考えていない。きみが姿を消した翌日、彼は僕のオフィスにやってきた。すぐ彼がどんなタイプの男かわかったよ。僕の父親もまったく同じだったからだ。貴族の出で、上流階級の話し方をし、高価なスーツを着ていることを除けばだが。最高額の指し値で自分の子供を平気で売るようなドブネズミだ。きみが家を出たいと思ったのも当然だ」攻撃的な口調を抑えきれずにいるのがビーには少しショックだったが、メイソンの子供時代をかいま見た同情心ほどではなかった。

それはすべてメイソン・フォックスの神話の一部で、彼の人生のスタートはつらいものだった。だが詳細はいつも故意に曖昧にされ、無一文から大金持ちになったロマンティックな物語ばかりが浸透し、フォックス・グループのCEOを無敵であるかのように見せかけ、同時に憧れの贅沢な暮らしに昇りつめた輝ける象徴的な存在にもしていた。

それでも彼が眉の傷跡に親指を走らせると、ビーは彼の鎖骨に残る有刺鉄線のタトゥーにちらりと目が向いた。それはあの夜、彼女を魅了し、今なお魅了し続けている。彼はどんなつらい人生のスタートを切ったのだろう。成功するためにどんな代償を払ったのだろう。どんな経験が彼に逃げ出す意欲と野望を抱かせたのだろう。そして彼は本当に過去の少年を捨て去ることができたのだろうか。なぜなら彼を食いものにしたはずの父親への怒りと恨みの下に、ビーは奇妙な後悔の念と、罪悪感さえ感じ取ったからだ。それは彼が自分で創りあげた神話には、まったく似つかわしくない感情だった。

「あのろくでなしから解放されてよかった」メイソンは言葉を続け、癖になっているしぐさに初めて気づいたように眉から手を離した。「僕もあの朝の仕打ちは謝るよ。今なら僕の子供時代からのお荷物と大いに関係があるとよくわかる。きみの父親の計画について知ってしまったからなんだ」

「どんなお荷物？」ビーは尋ね、彼の率直な謝罪だけでなく、ビーを擁護し、理解してくれていると思えたことに驚いていた。

「大したことじゃない……」彼は肩をすくめ、明らかに詳しく話すのは気が進まないようだった。

ビーはばかげた希望や同情がわいてくるのを抑えた。この前は感情に任せて夢中になってしまったばかりに、あの夜、彼に抱かれて二人が分かち合った体の親密さに、それ以上の意味があると思ってしまった。また同じ過ちを繰り返すわけにいかない。なぜなら今はさらにもっと多くのものが危険にさらされるからだ。ビーだけでなく、彼女の赤ちゃんも。

二人の赤ちゃんだ。ビーは考え込んでしまった。独りで新しい人生を切り開こうとして懸命に働いている間は、子供の人生にメイソンの居場所を作らないようにするのはとても簡単だった。でも彼が向かいに座っていては、そう簡単ではなかった。Tシャツの張りついた広い肩や髭の生えた顎に、触れ合った彼の唇の感触を思い出してしまうからだ……。

「そんなことはどうでもいい」彼ははぐらかすように言い、見つめてくる目を半ば閉じる。「重要なのは」またフォークを持ちあげ、パスタに巻きつけながら続ける。「なぜ逃げ出したのかはわかった気がするが、それについて、なぜ何も言ってくれなかったのか聞いていない……」顔をあげてビーに腹部を指し示す。「その僕たちの夜の結果についてだ」

それ？　その子？　妊娠？　結果？

彼が赤ちゃんについて口にするたび、よそよそしい言葉遣いになるのは何か意味があるのだろうか。彼はビーが妊娠の事実を伝えなかったことを深刻に考えているけれど、同時に、父親になることを彼がどう思っているのか、なんのヒントもうかがえない。

「話すつもりだったわ、いつかきっと」本当にそうするつもりだった。こんなに遠くまで来られて、自分はもう臆病者ではないとよくわかった。でも彼に連絡するには、もっと時間が必要だった。

「ほかのことに一生懸命で、先延ばしになっていたのだと思う……。たとえば生計を立てることに」まったくの嘘ではない。「そしてあなたがこの知らせにどう反応するかが怖かったから」これがまぎれもない真実だ。メイソンに話すことを考えるたび、ビーの感情はパニックと恐怖、そして罪悪感との間で激しく揺れた。「だから私は最も簡単な選択をして先延ばしを続けた。そのことについては謝るわ」

彼が父親になることをどう考えていようと、ビーにはこの妊娠を秘密にする権利はなかったのだ。

ビーはこの赤ちゃんを産むつもりでいた――二人の赤ちゃんだ――彼との関わりは持たず、それを後悔もしない。もしすぐに彼に話してしまったら、彼がどんな反応をするかわからなかったからだ。でも、彼が何を言い、どう行動するかは問題ではなかったのだ。今ようやく取り越し苦労だったとわかった。

彼は不満げに眉をひそめたが、それでももっと早く連絡しなかったのを改めて責めもせず、パスタを口に運んだ。もぐもぐと嚙んでのみ込み、ぎこちなくうなずく。「わかった。謝罪は受け入れた」硬い口調で、少し不機嫌そうだが、視線に迷いはなかった。「僕たちは二人とも過ちを犯したようだ」

ビーはほっとし、胃のこわばりが緩んだ。これは思ったほど難しいことではないのかもしれない。

だがそのとき、メイソンはビーの手つかずの料理に鋭い視線を向けた。「冷めないうちに食べてくれ。それから次のステップの話し合いに入ろう」

次のステップ？　次のステップって何？

彼は最後通告を突きつけるつもりだろうか。これからどうするか主導権を握るために。なぜならビーは懸命に働いて得た独立心を捨てて妥協し、男の言いなりになるつもりはないからだ――たとえ子供の父親が火傷するほどセクシーな億万長者であっても。

火傷するほどセクシー？　どこからそんな言葉が出てくるの？　本題とはなんの関係もないわ、ビー。

フォークを手に取るビーの肌は紅潮し、押し寄せる不安の波をはね返すように食事に集中した。

メイソン・フォックスはまだ他人も同然で、ビーは彼についてあれこれ決めつける前に、彼をもっと知りたかった。よい意味でも、悪い意味でも。

二人とも、過去の傷や互いの過ちについてはすでに謝罪した。彼の言う〝次のステップ〟が何を意味するか、ビーには見当もつかなかった。ビーはまだ彼が妊娠についてどう思っているのかさえ知らない――彼にすぐ伝えなかったことへの怒り以外は何も。だから、この一時的な休戦状態には意味がある。

それには彼のセクシーな魅力にとらわれないようにしなければ。残念なことに、二人で黙ったまま食事を続けながら――彼はおいしいパスタをほおばり、ビーも自分のパスタをフォークに絡めながら――ビーのこわばりを増す胃と、重苦しい熱気がわだかまる下腹部は、彼女の決意など知る由もなかった。

9

〝あなたはとてもセクシーで、私はあなたに応えた。誰かにあんなふうに反応できるとは思えないような応え方で……。セックスについてだけど〟

メイソンはシーフードのリングイーネを残らず平らげ、旺盛な食欲は料理ばかりかまったく別のものへの飽くなき欲望に向かっていた――ベアトリスが五カ月前の夜についてつぶやいた言葉がメイソンの頭の中でぐるぐるまわっている。彼は五カ月もの間ずっと避けてきたことに向き合わざるをえなかった。

彼はまだベアトリスを求めている。心の底から。

二人の間の未解決の問題はセックスなどではなく、問題でさえないかもしれない――セックスは彼が安心して集中できる話題だった。ベアトリスが初めての相手に彼を選んだ理由が、彼女の父親とは無関係だと断言したことで、メイソンはセックスについてもっと話したいと思うようになった。

というのも、突然燃えあがったあの性的な興奮は——彼女を初めて見た瞬間、感じたあの興奮は、微塵も衰える気配がなかったからだ。

それはまた五カ月も彼を惑わせてきた多くの出来事の理由を説明していた。なぜ彼女が忘れられなかったのか。なぜ大金を費やして彼女を捜し出したのか。なぜすべてをなげうってイタリアン・リヴィエラまで飛んできたのか。メイド姿の彼女を見つけ、彼の子供を身ごもっていると知ったときのショックと喜びはどこから来たのか。

メイソンは心の底からベアトリスを自分のものにしたいと思った。運命とか宿命とか、ひと目ぼれとか、基本的な本能を正当化するために使われるロマンティックなたわごとを、彼は信じていなかった。それでも体と心の反応は信じている。だからあの夜、彼はベアトリスを自分のものにしたいと思ったのだ。その気持ちは今も揺るがない。

赤ん坊と言われても、彼はちゃんとは考えられなかった。父親になろうなどとは考えたこともないし、女性を妊娠させてしまったなどと言う者がいたら、笑い飛ばしていただろう。だがベアトリスとだと、今の状況が罠とは思えず、避けられないことだったという思いを抑えられなかった。

その必然を彼は必要としているのかもしれない。

ベアトリスを欲し、熱望し、自分のものにして守りたい衝動がどれだけ長く続くのか、メイソンには見当もつかない。結局、これまで誰にもこんな感情を抱いたことがなかったからだ——まるで体の関係を超えて、とても強く、現実的で、激しい性的な結びつきがあるかのようだ。一つだけ確かなことがあった――五カ月、ベアトリスを見つけようと必死になったあと、彼は自分の気持ちを探ろうとしていた。

それでもベアトリスが料理をつつくのを見ているうちに、メイソンには彼女の緊張感が伝わってきた。ベアトリスがどれだけ懸命に自分を変えようとしても、一つだけ変わらないことがある――彼女はひどく傷つきやすい。彼女が自覚している以上に。

二人が激しく求め合ったあの夜は、ベアトリスには不意討ちだっただろうが、あんなのは驚きでもなんでもない。彼女はヴァージンで、あのときまで父親にしいたげられ、言いなりになって生きてきた。メイソンがそれがどんなものか知っていると彼女に言ったのは嘘ではない。どんなにか自尊心が傷つけられたことだろう。それでも彼は自分のことを多く語ろうとしなかった。母親について、本当のことを口にするのを思いとどまったのは救いだった。

メイソンが生き延び、逃げるためにしたことを彼女が知る必要はない。なぜならベアトリスが知れば、この赤ん坊の五メートル以内に彼にいてほしいと思うかどうか疑問だったからだ。二人の赤ん坊にだ。

支配人が戻ってくるころ、彼はようやくパスタを食べ終えた。自分の過去にベアトリスがどんな反応を示すか、そればかりに気をとられていた。どこまで自分の身の上を話すか常に腐心していたが、今はこれまで以上に、汚れた過去の詳細を世間の目にさらさないようにしておいてよかったと思った。

彼はもちろん母親に捨てられたことをベアトリスには知られたくなかった――ベアトリスはなぜそうなったのか疑問に思うだろう。それは彼が何年にもわたって何度も自問してきたことだった……。そして唯一納得のいく答えは、母親が愛せない何かが彼の内にあったのだろうということだった。

ベアトリスの愛は求めていないが、メイソンは彼女との関係を深めたくなっていた。それでも、自分の母親が彼と一緒にいたくなかったとベアトリスに知らせるのは、賢いやり方ではなかった。

「イル・ドルチェ、シニョール・フォックス?」支配人がきくと、メイソンは答えた。

「デザートはいい、ジョヴァンニ、食事はここまでだ。クレジットカードにチップを五百ユーロうわのせしてくれ。ありがとう、うまかった」

ジョヴァンニは満面の笑みを浮かべ、皿を持ち去った。支配人が立ち去ると、メイソンはナプキンをテーブルに置いて立ちあがった。

「でも、メイソン……次のステップについてまだ話し合ってないけど」ベアトリスは困惑し、メイソンは不安げな表情も見て取った。

「〈グランデ〉に戻って話し合おう」彼は言った。

あらゆる不測の事態に対処できるようになるまで、彼は行動を起こすつもりはなかった。つまりは時間かせぎだ。今のところは。

ベアトリスは目を見開いた。「それは……いい考えとは思えない。もしシニョール・ロマーノがあなたの部屋に行く私を見たら、理由を知りたがるわ」

メイソンは眉をひそめた。ロマーノなどどうでもいい。メイソンにとってはベアトリスの仕事はもう終わっている。彼女にメイドの仕事はさせない——彼は大きく息を吸い込んだ——清掃主任としてもだ。彼が見つけたからには、ありえない。

メイソンは冷静さを失うまいとした。ベアトリスをリラックスさせる作戦なのに、まったく逆効果だ。

「では、きみの家に戻ろう。どこに住んでる?」そうきいて、とたんに彼は興味がわいた。

ベアトリスは顔をしかめ、あまり乗り気でないようだ。だが今の休戦状態を破る気もないようだった。

「ホテルの敷地内に住んでるの。誰の目にも触れずに、トレーラーハウスに入れるかもしれないわ」

トレーラーハウス? どういうことだ……?

メイソンは舌を噛み、無表情を装った。「すごいな」彼は言った。「行こうか」

「足元に気をつけて、ここは岩が多いから」ビーは言い、レモンの木々の間をついてくる、メイソンの高価なハイトップの靴に目が向いた。

帰りの車中で、メイソンは口数が少なかったが、ビーは彼の不満げなようすに気づいていた。ビーは彼を未舗装の道路に案内して、ホテルの上の崖に築かれた、草が生い茂るテラスへと連れていった。それでも古い果樹園を抜け、一カ月前にマルタと彼女の夫が引っぱりあげるのを手伝ってくれたトレーラーハウスに近づくと、ビーの心は高揚した。

この辺の家賃は予算をはるかにオーバーしていたので、ビーは遺産の残りで、ラパッロの駐車場で見つけた中古のトレーラーハウスを購入した。ファブリツィオと交渉してホテルの未使用の土地に駐車させてもらい、電源をつなぎ、水道管をキッチンの下に引き込んで、清掃の仕事の合間を見つけては修理と模様替えをした。古い木箱で玄関ポーチを作り、花やハーブの鉢植えを並べた。周囲のレモンの木々の枝に太陽光発電の豆電球をつるすと、新しい家は柑橘類の香りに包まれたオアシスに一変した――ビーは夕方ここに座って、家計の足しに、近くの観光案内所のために翻訳の仕事をするのが好きだった。

トレーラーの中の空間は貴重で、小さなボックスシャワーとコンポストトイレ、コンパクトなラウンジ兼簡易キッチン、奥の寝室は唯一の贅沢品であるクイーンサイズのベッドでいっぱいになってしまったが、必要なものはすべてそろっていた。

ここがビーの居場所だった。もうシーズンスタッフと二段ベッドの宿泊所を共有する必要はなかった。

ビーは新鮮なバジルの鉢の下から鍵を取り出してドアを開けると、メイソンの沈黙に気づいた。

メイソンをここには連れてきたくなかった。彼は億万長者で、ビーの自慢のこの家より大きなウォークインクローゼットを持っている。でもきちんと整頓され、清潔に保たれたキッチン兼ラウンジに入ると、ビーはそんなことは気にしなかった。

「お茶でもどう?」カウンターの後ろからきく。

「ああ」メイソンは気乗りのしないようすで言った。

彼はドアから入るのに身をかがめねばならず、頭が低い天井をかすめ、彼の存在が一瞬にしてビーの家をコンパクトというより窮屈に思わせてしまった。

「ここに住んでどのくらいだ?」彼は尋ね、明るい、カラフルな家具に視線を走らせた。ビーが地元の市や中古品店で借りたり手に入れたりしたもので、年代物で趣味のいいものばかりだと自信を持っている。

「ちょうど一カ月ね」ビーは言い、お茶を淹れるのに集中した。「気に入ってるの。プライバシーが保てて、自由にしていられるし、値段も手ごろだし。シニョール・ロマーノには私の給料から土地代と光熱費を差し引いてもらってるし、夕方にはブーゲンビリアとレモンの香りが漂って、ポルトフィーノを見晴るかす入り江の絶景が眺められるの」

「そうだな」彼はさほど熱意も示さずに言い、リビングの二人掛けのソファに腰をおろした。体の重みで古いソファがきしみ、長い脚を伸ばすと、足が向かいの壁につきそうだった。ビーは湯が沸くのを待ちながら、二人の人生には大きな隔たりがあると意識した。それでもビーはメイソンに気づかれずに、その姿を見つめられる機会にあらがえなかった。彼はありえないほど広い肩幅を見せて、ソファの背もたれに身をもたせかけている。髪はあの夜より短めで、ビーはあのなめらかなウエーブに指を絡めて体をすり寄せ、メイソンは彼女に深く身を沈めてきた。

そして赤ちゃんを授かった。

ビーはまばたきをして、お茶の準備に集中した。

肌が火照って居心地が悪く、いたたまれない。沸騰した湯をティーポットに注ぎ、トレイにマグカップ二つと焼きたてのアーモンドクッキーを並べると、下腹部が熱くこわばって脈打っているのがわかる。アーモンドの香りと、外の木々の柑橘の香りに混じって、なぜ彼の匂いが感じられるのだろう。ウッディーな香りのコロンと洗剤と、サンダルウッドの石鹸のあの酔わせる香気に、彼の感触があまりにも強くよみがえり、彼のものになったときを思い出す。

彼のものじゃないわ、ビー。あなたは誰のものでもない。今はあなた自身とあなたの赤ちゃんのもの。

それでもそのとき、ビーは紅茶のトレイを見て顔をしかめた。砂糖とミルクの容器を加えながら――ビーはばかげた感情のうねりを抑えようとしていた――私はこの男性と子供を作っておきながら、彼のお茶の好みさえ知らないのだと。

だから彼をここに呼んだのだ。彼をもっとよく知りたくて。とたんに、ビーは頬がかっと熱くなった。決して性的な関係を持つという意味ではない。たとえ体がセックスを渇望して、その点について、勝手に意思に反することをつぶやいたのだとしても。

きっと妊娠ホルモンのせいだ。そうに決まってる。

ビーはトレイを持ちあげようとした。

「待ってくれ、僕がやる」彼は言い、ソファから素早く立ちあがり、トレーラーが揺れた。

するとメイソンが小さなキッチンでビーの隣にいた。ウッディーな香りのコロンと石鹸のいい匂いだけでなく、あの夜から忘れられない、欲望をそそる刺激的な男の香りも混じっている。

ビーが脇にどこうとした瞬間、彼がトレイを持ちあげようとして体がぶつかった。ビーの息は肺の奥でつかえ、視線は彼から離れず、忘れようとしても忘れられない熱い感覚に体が包まれていた。情熱に目覚めた彼の緑の瞳が濃さを増し、ビーの体の内をきつく締めつけた。ビーは動けなかった。スローモーションのようにゆっくりと彼が手をあげ、親指で彼女の顔を横ざまになぞる。ビーは身を震わせ、舌先で唇を湿らそうとしたが、喉がからからで、石でものみ込もうとするかのようにこわばっていた。

「今もきみが欲しい、ベアトリス」彼がささやき、耳の奥で脈打つ鼓動のせいで、ビーは彼の声がほとんど聞こえなかった。「欲しくてたまらない」

彼の手が滑りおりてビーのうなじに触れた。

ビーは何か言うべきだった。なんでも。しかし、彼の顔が近づいてきて、吐息がビーの唇をかすめても、あらがう言葉が見つからなかった。

「こんなことをしたくないのなら、今すぐ言ってくれ」彼が抑えた声で言う。

なのに、この狂おしい思いに歯止めがかかるどころか、ビーの降伏を告げるむせび声が狭い空間に銃声のように響いた。メイソンの唇がビーの唇をとらえた——執拗（しつよう）に、焼き印を押すように——そして指が髪に分け入って彼女の頭を支え、我がもの顔でキスをむさぼる。胃の熱いこわばりが腿の奥へと伝わって脈打ち、ビーには経験ずみの渇望と熱気なのに、どこか違って、もっと強く、深く、圧倒的だった。

舌と舌が絡み合い、求め合う誘惑のダンスは激しくあからさまで、止まらない。目もくらむ渇望の熱気にのまれ、ビーは何も考えられず、ただ感じるだけだった。ビーは抑えきれない情熱でメイソンにキスを返した。彼のTシャツをつかんで引き寄せ、ビーのヒップがカウンターにぶつかると、彼の引きしまった腹筋がビーの腹部のふくらみに押しつけられた。固い手がビーのウエストをつかみ、カウンターの上に持ちあげた。ビーは端に腰かけ、脚を広げて彼のヒップを包み込んだ。

二人の体が離れると、ビーは空気を求め、考える時間ができた。いったい何をしているの？　こんな常軌を逸した欲望に屈してしまうのは賢明ではない。

だがそのときメイソンの唇が首元に落ちてきて、ビーはカップボードに頭を押しつけられ、手のひらで胸を包まれていた。強烈な感覚が螺旋(らせん)を描いてビーの体の芯を直撃し、彼女はうめき声をもらした。メイソンがビーのドレスの前をはだけ、とがった胸の先端をあらわにする。

愛撫(あいぶ)を待ちわびて敏感になったその先端を、彼の唇がとらえた。ビーはたまらず彼の顔を胸に抱き寄せ、さらにその先をせかすと、彼の手のひらがビーの腿をなであげ、ドレスをウエストまで押しあげた。

メイソンはかすかに悪態をつき、ビーの胸の先端を甘い責苦から解放した。開いたドアからそよ風が吹き渡り、ビーはむき出しの胸と、彼のキスで湿って硬くなった胸の先端を意識した。それでも彼が体を後ろにずらすと、ビーの視線は彼のジーンズの前のこわばりに向いていた。二人の視線が絡み合い、メイソンの頬が興奮の色をたたえて赤らむと、ビーの鎖骨も炎にあぶられたようにさっと火照った。

「大丈夫かな?」彼はジーンズのボタンの上に手をさまよわせながら尋ねた。

かすれた声できかれているのはわかっても、欲望にかすむ靄(もや)越しで彼の言葉の真意がよくわからない。

「赤ん坊を傷つけないかな」彼は再び尋ねた。ジーンズの前をなでつけ、せっぱつまった表情で、瞳の色が深いエメラルド色に変わった。

ビーはただ無言で首を振ることしかできなかった。彼女の思考はすべて、再び彼を自分の中で感じたいという差し迫った欲求で消し去られてしまった。

彼はうめき声をあげ、ビーのショーツを脚から引きずりおろし、熱く火照った喜びの中心を親指で探り出した。ビーはカウンターに両手をついて頭を後ろに倒し、すべてを奪い去る、彼との確かな触れ合いに身をゆだねた。メイソンは巧みにビーを狂乱のただ中へと駆りたてていった。

ビーはあえぎ、むせびながら絶頂に達したが、喜びがはじけると同時に、彼がぎこちない動きでジーンズを脱ぎ去り、そそり立つ男の象徴をあらわにするのがわかった。彼はビーの両脚を自分の腰にまわし、彼女の体を前にすえると、いっきに深く彼女の中に身を沈めた。

メイソンの額がビーの額に触れると、ビーは彼の肩にしがみつき、彼のかすれた息遣いがビーの息と混じり合った。彼はそこで間を置き、圧倒的な喜びと、えも言われぬ感覚、強烈な結びつきに、ビーがなじんでいくのを待った。それから彼は動き始めた。身を引き、身を沈め、ゆっくりと慎重に、しかし目的を持って、決意を秘めてビーをあの恐ろしい絶頂へと舞い戻らせた。喜びが再び絶頂に達し――あまりにも早く、狂おしく――今はすばらしい感覚がビーをみだらに、止めどなく奪い尽くしていく。

とろけるような喜びがビーの神経の末端まではじけ、ビーは満ち足りた荒々しい声をあげ、最後に粉々に砕け散った。メイソンが声をあげるのが聞こえ、ビーのあとを追って飛びたつのがわかった。

僕はいったいどうしてしまったんだ?

メイソンはベアトリスのむき出しのヒップをつかむと、かぐわしい髪に顔を押しつけ、必死で落ち着こうとした。初めからよく考え、さっきの骨までとろけるような絶頂の瞬間に思いをはせる。あのときまで彼は弱々しく寄る辺なく、腑抜けも同然だった。

それでも今はまだセックスの余韻の濃い靄の中から抜け出せないでいる。ベアトリスの体の締めつけ以外、何も感じられない。オーガズムの瞬間まで、彼女はメイソンに体をすり寄せ、しがみついていた手はぐったりして震えている。自分の高鳴る鼓動と、彼女の荒い息遣い以外、何も聞こえない。

メイソンは正気をなくした男のように彼女を奪った。窮屈な空間に二人であまりに接近して立ったとたん、次の瞬間には彼女のショーツを引きずりおろし、きつく潤った熱気の中に激しく身を沈めていた。

メイソンは胸いっぱい息を吸うと、きらめく靄を払いのけ、ようやく残酷な現実に目を向けられるだけの余力が戻ってきた。後ろに体をずらすとベアトリスがびくりとし、彼はすっかり体を離した。

ベアトリスは消耗しきったようすで呆然とし、息も切れ切れで、激しい愛撫を受けたばかりの胸の先端が赤らんでいる。彼女が片腕をまわして裸の胸を隠すと、メイソンはたちまち鋭い欲望に貫かれた。

自分が恥ずかしくなり、彼はジーンズに体を押し込むと、身をかがめてベアトリスの下着を拾いあげた。彼女が苦労して服を直しているのが痛いほどよくわかった。肘を支えて狭いカウンターからおりるのを手伝ったが、足が床に着くや、彼女は腕を引き抜いた。メイソンは恥ずかしさに喉がふさがった。

償いの言葉をどうかければいいだろう。そつなく、如才なく、現実を踏まえた態度で、彼女の生活状態について因果を含め、今の仕事はあきらめて彼に援助させるよう説得するつもりだった……。そして最終的には、ロンドンで分かち合ったものはまだ終わったわけではないと彼女にわからせるつもりだった。

だが代わりに、メイソンは彼女の興奮をかぎつけるや、すぐにすり寄っていって、襲いかかっていた。

彼はベアトリスにレースの下着を渡した。

彼女はそれを受け取ると、さっと身に着けた。

「ありがとう」不自然なほど礼儀正しく応じる。

「避妊具を使わなかった」彼が低い声で言う。「すまない」

ベアトリスはようやく彼と視線を合わせたが、頬を赤らめた彼女はさらにあどけなく、無防備に見えた。メイソンは自分が獣のようにさえ感じられた。

冷静な彼はどこにいってしまったのだろう。ベアトリス以前は、魅力的とまではいかなくても、少なくともベッドでは女性に対して寛大であろうと努めていた。自分がひどく粗野だとわかっていたが、女性の喜びに気を遣わないとは言わせたくなかった。だがベアトリスが相手だと、セックスはいつもと違っていた。決して楽しみのためでも、軽い気持ちからでも、気晴らしなどでもなかった。それはなくてはならない基本的なもので――彼のコントロールのおよばない自然の力だった。今、彼は完全にそのコントロールを失いかけていて、衝撃を受けていた。

「大丈夫よ」彼女は言い、短くカールした髪に指を走らせ、視線をそらした。「幸いなことに、あなたが私を二度妊娠させることはないと思うわ」にこりともせずに言うウイットをきかせた言葉は、面白いのかもしれないが、今のメイソンには笑えなかった。

その言葉で赤ん坊のことが彼の脳裏によみがえった。ベアトリスがもっと早く教えてくれていれば、すぐにでも思いあたったはずなのに。

メイソンの恥ずかしさが、さらに強まった。

ベアトリスが彼をよけて歩み去ろうとしたので、彼はウエストに手をあててその場に押しとどめた。

「あの夜以来、誰ともベッドをともにしていない」彼は言った。「これまで一度も避妊もせずに相手を奪ったことはない」そう言い添え、なぜ自己弁護をしようと思ったのか、自分でもよくわからなかった。

だがベアトリスが彼の告白に目を見開き疑い深げな表情を浮かべたとき、彼にはその理由がわかった。

彼はあの夜、ベアトリスが彼を利用したと言って責めたが、真実はその逆だった。彼がベアトリスを利用していたのだ。彼女は無垢(むく)な情熱でメイソンに応え、彼はほかの女性には決して感じたことのない結びつきを感じていた。だが彼はそれをコントロールする必要があった。さもなければ再び粗野な野生児に戻ってしまいそうで、彼はもうそんな野生児ではないと証明したかったからだ。

「わかったわ」ベアトリスは慎重に応えた。

ベアトリスが再びメイソンをよけて歩み去ろうとすると、彼は行く手をはばんだ。「いいのか？」

彼女は眉をひそめ、その質問に戸惑ったようだった。彼の子供を身ごもりながらベアトリスがほかの男とベッドをともにするとは想像できなかったが、彼がこれまでベアトリスに見せたのは渇望と情熱だけだった。なのに彼女に優しくしたいと思う衝動が彼をさらに混乱させていた。

「何度も感じたわ」さっと頬が赤らんだが、まなざしは揺るがない。「知りたいのがそのことなら」

メイソンは咳払いをした。かすれた声の告白に彼は不必要な自制心を強いられた。

「そうではなくて」メイソンは彼女の頬を包み込み、激しいキスでこすれた肌を、親指でなでた。「赤ん坊には？」なんとか口にした。「よかったのか？あんなふうに乱暴にするつもりはなかったんだ」

ベアトリスが身じろぎして離れようとし、メイソンは彼女を放さざるをえなかった。

メイソンは気を取り直して、狭い簡易キッチンに充満するセックスの匂いを無視しようとした。

「赤ちゃんは大丈夫よ、メイソン。そんなに乱暴じゃなかったし、楽しかった。私たちの間にはまだ鬱積したものが……あるのだと思う。でも私は……」

顔に手を走らせ、明らかに取り乱している。なぜ彼はそんなしぐさに刺激を感じるのだろう。「二度としたくない。だって問題をややこしくするだけよ」

彼の内のあらゆるものがその言葉を拒んでいた。

「ベアトリス、すでにややこしくなってるんだ」彼はもう明らかな問題を避けるつもりはなかった。

「きみには赤ん坊が生まれる。だからここに残って仕事は続けられない。わかってるのか？」彼は言葉を添え、ここで自分の思いをぶちまけるつもりだった。うまくなだめすかして説得するつもりだったが、その試みはすでに失敗に終わっていた。

この壊れかけたトレーラーハウスに入ってくるとき、ベアトリスの顔は誇らしげに輝いていた。リゾートホテルの仕事について語る声には達成感が感じられた。だが今彼女に必要なのは分別を持つことだ。

「きみが僕の子を産もうとしている場合は話が違う。僕はきみを働かせはしない」

そう言ったとたんベアトリスが鋭く息を吸い、メイソンは大きな作戦ミスを犯したと悟った。彼は脳細胞が焼き切れてしまったのかと自分をののしった。

「ひどいわ、メイソン」ベアトリスは声高に言い、取り乱した表情が、一瞬でぞっとした反感に満ちた表情になった。「いくら妊娠しているからといって、私が何をやっていいかまで決めないで」

〝僕の子供である以上、そうさせてもらう〟

メイソンはそう言いたかったが、下半身に集中していた脳細胞の働きがいくらか戻って、条件反射的に出かかった反撃の言葉をなんとか抑え込んだ。

実際のところ、ベアトリスと子供を守りたいと思う強い欲求がどこから来るのか、彼にはまったくわからなかった。おそらく彼女の妊娠を知ったショックがまだ続いているのだろう――あれほど彼女を夢に見たあとだけに。あるいはコントロールしようとしているホルモンの噴出のせいなのか……。だがこの女性に権利を主張したくなる激しい欲求を理解することと、無視することとは同じではない。

メイソンはもう無視できなかった。この五カ月、どんなに無視しようとしてもいらだちが募るばかりで――狭苦しい空間で二人きりになったとたん、火薬樽（だる）のようにすぐにはじけたことからもよくわかる。

「それは違う」彼は和解の道を探ろうとした。認知機能はすっかりだめにはなっていない。

「ええ、まったくそのとおりよ」ベアトリスはそう言い返しながらも、呆然とした表情を浮かべていた。

「僕はただ……ロンドンに戻ってきてほしいと言ってるだけだ。僕と一緒に。住む場所は僕が買いそろえる」彼はベアトリスの自慢の家を見渡した。これでも決して十分ではない――彼女と赤ん坊にとって。「ここよりもっとふさわしい家を。それに最新のヘルスケアが受けられる場所に」それに、彼がいてほしい場所にいられるようになる。少なくとも、それで彼の正気が保てる。「僕が避妊具でへまをしたから、きみと赤ん坊は僕の責任だ」

「ばかなことを言わないで、メイソン。だめよ、そんなこと」ベアトリスは言ったが、呆然とした声は今は怒りを含んでいて、気持ちの変化がうかがえた。

彼はこの会話で、あらゆる面で失態を演じた。しかし彼女の表情を見ていると、ようやく彼女がロンドンに戻る話を切り出せてよかったと思った。メイソンは決して洗練された男ではないし――特に彼女にはそうで――微妙な話題はいつも緊張してしまう。

「この子を産むと決めたのは私で、あなたじゃないわ。医師に妊娠を告げられたとき、私には選択肢があったけれど、ほかの選択肢はありえなかった」

彼はため息をついたが、胸の緊張がほぐれ、彼女がほかの選択肢を選ばなかったことを喜んだ。

「それに私はようやく身を落ち着けた場所から離れるつもりはないわ」ベアトリスは言葉を継いだ。それでも気をまぎらわそうとして下唇を噛んだとき、二つのことが彼にはわかった。彼女の認知能力はまだ完全には回復していない。さらに彼女は見た目以上に不安で、自分に自信が持てないでいる。

どちらもうまく利用できるかもしれない。ちゃんと首尾一貫した戦略が練れれば、だが。それには頭の働きを完全にもとに戻す時間が必要だった。

「話し合いを先延ばしにしたほうがよくないか？」

彼はベアトリスの顎に手をかけ、唇にキスした。彼女の口元がそれに応えて緩んだのがうれしかった。

「今はシャワーを浴びたいんだ」彼は続け、ふいにこれまでより気分が軽くなった。正確には五カ月ぶりだった。「きみもそうすればいい」言葉を継ぎながら空気の香りをかぐと、濃厚なセックスの匂いがまだ残っていた。「この匂いは僕を興奮させる。このベッドも使ってみるべきじゃないかな？」

「メイソン、なんなの……そんなの笑えないわ」ベアトリスは怒って声をあげ、彼の手を振り払った。

それでも呆然とした淡いブルーの瞳の虹彩が興奮で黒ずんでいるのがわかり、彼はベアトリスが彼以外の男の香りになじんだ経験がないことを知った。

「ラパッロできみが言っていたピザの店に行こう」彼は言った。脳細胞の認知機能がようやく戻り始めていた。「代金はきみが払えばいい。店の名は？」

「〈ピッツェリア・ディ・ラパッロ〉よ」ベアトリスはぼんやりした頭でなんとか店の名を口にした。

「夕食に行って、もっと話し合いましょう。でも、ここでの生活は譲らないわ、メイソン」さらに続ける。「あなたとロンドンに戻ることも。私にはできない。そうはしたくない」

できるとも。そうなるさ。

なぜなら彼が全力で説得するつもりだったからだ。

「七時に迎えに来る」そう言うと、彼は後ろにさがってトレーラーハウスから降りた。しどけない格好で、ドア口から見送るベアトリスを残して。

柑橘類の林を抜けて車に戻ると、メイソンは携帯電話を取り出し、ジョーにメールを送った。

〈ポルトフィーノでB・メドフォードを発見。妊娠している。僕の子だ。今夜はピッツェリア・ディ・ラパッロにいる。マスコミに知らせておくといい〉

これでうまくいく。

彼はタブロイド紙は嫌いだが、遅かれ早かれベアトリスはここにいるとつきとめられ、そうなれば彼女の人生は守られなくなる。それを理解するべきなのだ。彼は避けられないことを早めているだけだ。

今彼がするべきことは、彼女の心に訴える褒美を考え出すことだ。

ベアトリスは語学を勉強していると言っていたし、流暢(りゅうちょう)なイタリア語を話しているのを聞いた。それに、彼女はメイソンの重役たちよりもホテルのもてなしの最先端について知っている。ロンドンで彼女の独立願望を満たし、スキルを生かせる職場を見つけてやれれば給料もキャリアも格段によくなる。

彼は携帯電話をポケットに戻しながら、かすかな後ろめたさを打ち消した。彼はいつも情け容赦ない。それは母親の子育て放棄を乗り越え、落伍(らくご)者の父親から無傷で逃れるために身につけたスキルだった。

彼は顔をしかめ、車に乗り込んだ。少なくともどんな感情も抜きだ。もちろん、それが伝統的な意味で、彼がよき父親になれそうもない理由だった。

だが彼の非情さこそが、子供とベアトリスに恩恵を施せる十億ポンドの遺産が築けた方法だった。

轍(わだち)が残る小道を車をバックさせながら、彼は口笛を吹き始めた。この五カ月で初めて自信が取り戻せた気がした。トレーラーハウスでの狂おしいセックスを思い出すと、欲望がうなりをあげて膝の奥で脈打った。ベアトリスを彼の思いどおりの場所に、できればもっと窮屈でなく、彼の家に近い場所に連れてこられれば、二人で楽しむことができる。二人の一触即発の性的な相性のよさが薄れるまで――間違いなくそれはベアトリスが彼の子供を産む前までだろうが。だがそのときが来たら、メイソンは彼女と赤ん坊に対する責任をすべて果たすつもりだった――少なくとも、彼を産んだ二人の役立たずよりはもっとましな親になれるだろう。

10

翌朝、ビーは疲れの残る、落ち着かない気分で目覚めた。昨日の午後、キッチンで繰り広げられたセックスのせいで、まだ体に痛みが残っていて——ほとんど眠れなかった。目を閉じるたび、メイソンの顔が浮かび、彼の目は興奮と決意を秘めてぎらついていた。彼は激しくビーの中に身を沈めてきて——ビーが彼としか行ったことのない場所へ連れ去った。

とたんに胸で心臓が跳ね、今ではなじみになった欲望が再びわいてきた。ビーは目覚まし時計に目を向けるとうめき声をあげ、シーツに寝返りを打った。シフトの開始まで三十分しかない。

それでもベッドから身を起こすと、海辺のにぎやかなレストランでピザを食べた夕食を思い出した。水平線に日が傾くころ、テーブルは料理でいっぱいだったが——欲求不満も増すばかりだった。

ラパッロでの話し合いは、昼食のときほども成果をあげられなかった。メイソンが断固としてビーの話に耳を傾けようとしなかったからだ。ビーはポルトフィーノを離れる気はなかった。たとえ彼が赤ちゃんの責任を引き受けてくれ、彼とのもっとすごいセックスが期待できて、ビーの語学力について尋ねたあとで、すばらしい仕事を紹介してくれようとも……。なぜならそんな提案はすべて迷惑な誘惑でしかなく、メイソンの意のままにしようとする買収工作のようなものだと、ビーにはわかっているからだ。

彼が七時に迎えに来たとき、ビーは胸の高鳴りを抑えるのに時間がかかった。彼にノーと言うのがどんどん難しくなっている。彼と一緒にいると、好ましくないあの衝動が戻ってくるからだ。またしても。

この五カ月間の別離で、なりたい人物に近づけたにもかかわらず、この男はまだ強大な力でビーを支配している。そう思わずにいられない。

メイソン・フォックスにはカリスマ性があり、鋭く、危険なまでにハンサムで、すばらしい成功者で、驚くほどセクシーだ。そんな彼になぜ虜にならないでいられるのだろう。マルタでさえ彼の魅力に気づいている。幸せな結婚をして五年で、四歳に満たない子供が二人もいるのに。それにメイソンはビーの赤ちゃんの父親でもある。たぶん彼に対する衝動がまだ弱く、コントロール可能なだけでなく、自分の子供を守る助けになれる人物をはっきりさせておきたいという、必要に迫られていたのかもしれない。

彼にロンドンに戻ってきてほしいと言われたとき、胸が締めつけられる気がしたのも、そのせいだろう。

手早くシャワーを浴び、ホテルの制服に着替えると、ビーはキッチンに向かい、朝のコーヒーを淹れ始めた――断固として昨日のセックスの記憶はよみがえらせまいとしながら。ビーはメイソンから援助など期待していない。一番の望みは、父親になる選択肢を奪ったと彼に憎まれないことだった。それでも彼から、赤ん坊の成長に必要なものはなんでも与えると打ち明けられたとき、ビーはまたしても自分のわがままな感情を優先してしまったと感じた。

メイソンの申し出を受け入れることに、ビーはもっと注意を払わねばと思った。自分の欲求を抑えて他人の意向に従ってきた昔からの習慣には、もう陥りたくなかったからだ。ビーは独立心をあきらめたくなかった。どんなことに対しても。誰に対しても。

メイソンが口にせず、話題を避けたことの一つが、赤ん坊が生まれたあとの人生に積極的に関わりたいかどうかということだった。

ビーは顔をしかめ、コーヒーがカップの中で波立っているのに気づいて、思考がそこで中断した。奇妙な地鳴りのような音が聞こえる。騒音は耳をつんざくようになり、震動が激しく、食器棚がかたかた鳴って、トレーラーハウス全体が揺れた。

ビーはトレーラーハウスのドアに駆け寄った。

これは地震？　イタリアン・リヴィエラでも地震があっただろうか。ビーはドアを大きく開け、巨大な黒い塊が上空を陰らせ、頭上を滑空して下のテラスのほうにおりていくのを見た。いったい何……？

ホテルの芝生に着陸したヘリコプターの側面に、フォックス・グループのロゴがあるのに気づいた。

ビーはまだヘリコプターを見つめていたが、メイソンが柑橘類の果樹園を抜けて歩いてくる表情は、はっきりとした決意を秘めていた。ビーの心臓が猛烈な勢いで打ち始めた。昨日の午後に見た表情を思い出したからだ。トレーラーハウスで愛し合ったときだ……そして昨日の夕方。あのとき彼は薄明かりの中をビーをここまで送ってきて、ビーは彼を寝酒に誘いたい衝動に駆られて懸命にあらがった――その行き着く先がよくわかっていたからだ。

「荷造りをするんだ。ここを離れる」ビーの前に来ると、メイソンはなんの前置きもなしに言った。

「どうしたの？」ビーはきいたが、その切迫した声に驚き、よけいなことは言わずに従うべきだと思った――よくないことがあったに違いない。

「マスコミが来ている」彼は言った。

そのときビーは耳にした。下のほうで何か騒ぎが起きている。人々の叫ぶ声に、ヘリコプターのエンジン音も入り混じっている。

「昨夜、ピザの店で一緒にいた写真がネットに出まわっている」彼はさらに続けた。「僕が雇った警備員が到着するまで、ロマーノとスタッフが彼らが近づかないように食いとめている」

「まだニュースのねたになるなんて信じられない」

ビーはうつろな声で言い、今の状況に必死で対応しようとした——痛みに満ちた現実が迫ってきた。選択肢はかなり絞られてくる。ここを去るしかない。〈グランデ〉の顧客たちはここに静かな休暇を求めてやってくる。パパラッチや記者たちに悩まされるのではなく。それに、ビーはマルタやファブリツィオやほかのスタッフの仕事を奪ってしまった。

「もちろん、ニュースになるのさ」彼は言い、ビーがみんなに創り出した、どうしようもない状況を考えると驚くほど寛大に聞こえた。

彼は正しかった。ポルトフィーノに永久に潜伏し、ビーの過去をなかったことにするなど、長い目で見れば現実味のない選択肢でしかなかったのだ。

「社交界のプリンセスがイタリアに逃げてメイドになり、独りで秘密裏に億万長者の子供を産む」メイソンは言い添えた。「すばらしい物語になるのさ」

メイソンが描き出した下卑た物語は、ビーの今の生活が崩壊したとき、彼女の妄想のなれの果てとして現実のものとなるだろう。ビーにはよくわかった。

彼女の選択がメイソンにどう影響するか、なぜ考えなかったのだろう。彼が苦労して築きあげた評判にも。彼は昨夜、ビーの置かれた状況が否定的な報道を引き寄せかねないなどとは、ひと言も言わなかった。でももしビーがイタリアに住んで、彼の子供を妊娠しながら肉体労働をしているとマスコミに知れ渡れば、人の目にどう映るかわかっていたはずだ。

「ロマーノにはもう話した」彼はビーの背中をそっと押してトレーラーハウスの中に戻した。「親友のマルタにも。ロマーノはきみに最後の小切手を書いて、ヘリまで来て僕たちに別れを告げたいそうだ」

ビーはしきりにまばたきし、打ちのめされていた——あまりにも突然にここから離れざるをえなくなった——同時にあっという間に彼が離れる準備をしてしまったことに呆然とし、感動もしていた。

以前は彼の援助を受け入れたくなかった。独立心を奪われると憤慨していただろう。それでも彼の子供を産む選択をしたことで、すでにそうではなくなっていると気づくべきだったのかもしれない。

「もう行かないと」彼はそう言葉を継ぎ、トレーラーハウスの中に再び彼の存在感が満ちた。

「わかったわ」ビーはそう応じた。

彼は眉をひそめた。「本当に？　議論はなしか」

「ええ、わかってる」ビーは答えた。

メイソンは正しいことをするつもりだった。彼女と赤ん坊のために。彼女にはそうさせる義務がある。イタリアでの生活必需品を持てるだけ持って出発するとき、ビーはふと彼女自身の能力に対する自信は、自分が住む場所にも仕事にも左右されるものではないと思いあたった。誰と一緒にいても――たとえそれがメイソンのように圧倒的な人物でも。頼りになるのは自分自身の勇気と決意だけだとわかった。

ビーは、フォックス・グループのヘリコプターのそばで、マルタやファブリツィオ、そしてホテルのほかのスタッフに急いで別れを告げながら、後悔と悲しみに胸を突かれていた――ホテルの駐車場からは記者たちが無遠慮な質問を叫び、メイソンの警備員が守るバリケードを突破しようとしている。

ビーはポルトフィーノで自分の家を見つけた。だが今は前に進み、赤ちゃんのために家を築かねばならない。そこには当然父親も含まれてくる……。

ビーがヘリコプターに乗り込むと、メイソンはパイロットに声をかけた。ビーは座席に収まってシートベルトを締めると、体の不調や不安を感じるどころか、心臓がダンスのツーステップのリズムで打ち始め、めまいがしそうだった。この関係がうまくいくのかどうかはビーにはわからない。赤ちゃんが生まれるころ、二人がまだ一緒にいたいと思うかどうかもわからない。メイソンには知らないことが多すぎる。ビーは顔をしかめた。それでも幸運と自分の判断を信じることは、五カ月前にラパッロに到着したときほど怖くはなさそうだった。

ビーはヒップをなで、昨日トレーラーハウスで起こった性ホルモンの暴走を思い出した……。下腹部が荒々しく執拗（しつよう）に脈打ち始めたところに、メイソンがコックピットから歩み出てきて、筋肉質な体をかがめて彼女の隣のシートに身を収めた。

「大丈夫か？」彼は尋ねた。頭上でヘリコプターの回転翼が音をあげてまわりだす。

「ええ。そして、ありがとう」ビーはうなずいた。

「どうして？」メイソンがきく。

ビーはほほ笑み、彼の困惑したしかめっ面を楽しんだ。あんなにも強面（こわもて）なのに、彼は見かけほどいつもすべてに自信があるわけではなさそうだ。

「私を助け出してくれたから」ビーは言い、まだバリケードをよじ登ろうとしている記者たちのほうにうなずいてみせた。「あの騒ぎから」

彼の視線が強まり、用心深げにビーの手が置かれている腹部に落ちた。「きみを騒ぎに巻き込んでしまって、僕にできることはこれくらいしかない」

ビーは彼の言う〝騒ぎ〟とはなんだろうと思った。さらに、それが彼が父親になることについて話したがらない理由かもしれないと気づいた。彼は単に自分がどう感じるか、まだよくわかっていないのだ。赤ん坊の人生で、彼が自分の役割に確信が持てないでいることが、なぜ問題なのだろう。四カ月かけてそれを解明していくことになる。彼と一緒に。

胸の内でビーの心臓が持ちあがり、大きな鳥が離陸を始め、勢いを増した回転翼の騒音が会話をかき消した。ジェノバへのフライトでも、イギリスへ戻るフォックス社のジェット機の旅でも、ビーの心は宙を漂い――希望と決意、待ち受けるあらゆる可能性を秘めた期待に向けて、ずっと軽くなっていた。

11

絶景が望めるエレベーターが〈フォックス・スイーツ〉のビルの外壁をあがっていく――川にかかるタワーブリッジの威容が景色にぴったりなじんでいる――ビーはまるまる五カ月ぶりに訪れていた。

ビーはあのどん底から人生を立て直し――もっとましに、強くなっている。もううろたえてばかりの娘ではないが、メイソンのロンドンのペントハウスに戻るのはまだ奇妙で、感情的に少し圧倒される。

「大丈夫か？」彼は尋ね、ビーの背中をなでた。

ビーは肩越しにちらりと見て、疲れた笑みを彼に送った。ヘリコプターでポルトフィーノをあとにして以来、彼はずっとそう尋ねてきた。そしてビーに触れるのをやめられないようだった――それは手に負えない欲望を引き起こす一方で――守られているようで、心地よい、そんな気分にもしてくれる。

「ええ、ただ妙な気分で、ここにまた戻ってきたのだけど、別人になったような気分なの」

彼がビーを腕に抱き寄せると、彼女の腹部がウエストにあたった。「きみは一人で二人分だからな」

ビーはくすくす笑い、彼が赤ちゃんのことを言っているのだとわかり、感謝した。「ええ、そうよ」

ロビーに入ると、彼は数時間前にビーが必需品をつめ込んだバックパックを朝食用のバーにどさりと置いた。ポルトフィーノにたどりつくまでにヨーロッパ中を旅してまだ少し埃っぽい、安手のナイロン製だった。艶やかな大理石の上に置かれると、よけいに場違いに見える。

ビーは喉につかえる不安感をのみくだした。

メイソンはキッチンエリアまで歩いていくと、両開きの大型冷蔵庫から、冷えた水をグラスに注いだ。ビーはありがたく、ごくごく飲んだ。メイソンに短くカールした髪を耳の後ろにかけてもらうと、ビーは下腹部が再び脈打ってきた。彼が向ける目には我がもの顔の激しい独占欲が見て取れる。

「必要なものがあればメールをくれ」彼が言い、ビーはまだ冷たい水を飲んでいた。「ポルトフィーノの残りのきみの荷物は僕が運ばせておく。僕のものはみんな片づけたから、この場所はきみのものだ」

「あなたはここで寝ないの?」ビーはきいた。

彼が口元をゆがめ、ビーは自分の言葉がどれだけ物欲しげに聞こえたかを悟った。

それでもビーは当然だと思っていた――実際、そう望んでいた――二人で一緒に暮らすようになるのだと。ビーはメイソンのことが知りたかった。赤ちゃんについて、二人について、彼がどう感じているかでなく、彼のすべてが知りたかった。それほど彼に魅了されていたからだ――多くの異なるレベルで。

「僕は寝ない」彼は答え、官能的な笑みを浮かべ、戸惑うビーを見て楽しんでいるようだった。「自分だけの空間が好きなんだ。だが日常的にベッドを共有するのは排除しないからそのつもりで」彼の視線が熱をおび、ビーは頬がかっと熱くなり、脈打つ下腹部がうなりをあげそうだった。「共有するのはキッチンカウンターでもいい。女性優先だ」

「なるほど」声がかすれて喉がからからで、ビーは冷たい水をもうひと口飲んだ。性的な関係を続ける気はないと、彼に言うこともできた。だが船はすでに出航し、ポルトフィーノのキッチンカウンターの上で巨大な氷山にぶつかっていた。さらに、熱気をおびてうなりをあげる下腹部は、セックスレスの関係がビーの望みではないとはっきり告げていた。

でも別の場所に住むという彼の決断は、もっと問題だった。彼がほとんどここにいないのに、ビーはどうやって彼を知ればいいだろう。

「どうしてあなただけの空間が必要なの？」ビーは尋ねた。赤ちゃんが生まれたら、さらにもっと問題になるかもしれないと思ったからだ。別に、彼が一緒に暮らすのを期待していたわけではない。もちろん、彼がいやでなければだが。それでも彼がこの子の人生でどんな位置を占めたいと考えているのか、もっとはっきりきくべきときなのかもしれない。

彼は肩をすくめた。「誰かと何かを分かち合うのが苦手なんだと思う」曖昧に言う。「それに、僕は仕事中毒(ワーカホリック)なんだ。出張も多い。睡眠時間はせいぜい五時間で、どこにいるのか、何をしているのか、誰にも話したことがない。個人秘書のジョーは僕のスケジュールを知っている。でも、それだけだ」

「誰かと一緒に暮らしたことがないの？」ビーは尋ね、意外な事実に少し驚いていた——彼女はメイソンの人生に思いをはせた。

彼が一匹狼(おおかみ)なのは知っている。ことあるごとにメイソンはそう呼ばれる。でも彼はいつも独りなのだろうか。それがどこか少し悲しげに聞こえるのはなぜだろう。父親との関係は機能不全に陥っていたと彼は言っていた。でも母親とはどうだったのだろう。ほかに面倒を見てくれる人や親戚は？　なぜこれまでつき合った女性たちと一緒に暮らしたことがないのだろう。三十代でワーカホリックの億万長者に人間関係の問題があるのは珍しいことではないだろう。でも、彼が父親になったらどうなるだろう。

彼はまた肩をすくめたが、その動きには落ち着きが感じられなかった。「子供のころからずっとだ」彼は言った。「どんなときでも、僕はいつも独りで過ごすほうがずっとよかった」はっきりと口にする。

「そうなの」ビーの気持ちはひどく沈んでいた。

ビーにはいつもケイティがいた——姉が十代で家を出てロンドン中を転々としていたときでさえ連絡

は取り合っていた。それにビーがまだ小さいころはウェールズ人の祖母がいた。アンガーラッド・エヴアンズが住んでいたスノードーニアのコテージはまだ覚えているし、そこは今ではケイティが相続している。雨の日の薪ストーブの暖かさや、二階にある大きな真鍮のベッドの寝心地のよさ、祖母が寝物語に聞かせてくれた、子供たちを愛しながらも若くして亡くなった母親の話も、よく覚えている。

　誰かに愛された安心感などないほうがいいと思う子供がいるだろうか。愛されるはずの人々に愛されなかったというのなら、話は別だけれど。

「まあ……大したことじゃない」メイソンはビーの手からグラスを取りあげ、朝食用のバーに置いた。

「僕がここに住まないほうがうまくいく」大理石のバーに寄りかかり、ビーのヒップに両手をまわして引き寄せる。ビーが彼の胸に手のひらを押しあてると、彼の胸筋が収縮し、震えるのがわかった。「夜にずっときみを待たせておきたくはない……僕がどんなにきみを眠らせないつもりでいたとしても」

　彼の目に宿る思わせぶりな輝きに、ビーの笑いが吹き飛んだ。沈みがちだった雰囲気が一掃され、もちろん彼がわざとそうしたのだとわかった。だがビーは流れに任せ、そのままにした。ビーにはまだたくさん時間があった。彼の過去について知り、将来の計画について彼にきくのは少しずつでいい。

「セックスについていつも何か言わないと気がすまないの？」怒ったふりをしてそう尋ね、彼の髪に指を通して唇を引き寄せる。

「まだ足りない」彼は言い、少しも申し訳なさそうなそぶりも見せず、貪欲な唇でビーの首筋の脈打つ箇所を探り出した。

　ビーが気をそらすテクニックに抗議したり、詰問したりする前に、彼はビーを腕の中に包み込んだ。

「おいで、プリンセス」彼は言うと、昔ながらの愛撫でビーの下腹部を脈打たせ、胸をもきつく締めつけた。「これからどうするかなど、あとでいい」彼が声高に言う。「今は裸で楽しもう」

さらにずっとあとになって、ビーはぐったりとして横たわり、体に残る余韻に呆然と浸っていた。かつて二人が赤ちゃんを授かったベッドの上で。もうはるかな昔のことのように感じられる。メイソンの体がマットレスから離れていった。

彼の足音が廊下へと消えていき、夢をも見ない眠りへと誘われていきながら、ビーのぼやけた意識の中に、ある考えが浮かんできた。

二人は裸でたっぷり楽しんだ。なのに今後のことについてはひと言も話題にならなかった——彼の口はビーを何度もオーガズムに導くとき、体のほかの部分と同じく、あんなにも有能で雄弁だったのに。

12

一カ月後

「メイソン、今夜のフェニックス財団の資金調達パーティに、きみとミズ・メドフォードのテーブルを用意した——きみが出席するかどうか知りたいんだが」ジョン・タヴァナーがきいた。〈フォックス〉の熱心すぎる広報部長だ。「きみに直接確認するよう、ジョーに言われたものだから」

それは秘書のジョーが彼の社交上のスケジュールは今ほとんど空白だと知っているからだ。メイソンは思った。エレベーターで最上階まであがりながら、タワーブリッジの絶景を眺めているところだった。

彼にはあけておきたい夜の予定があるからだ――ベアトリスに〝誘い(ブーティ・コール)の電話〟をかけるためだ。彼は顔をしかめた。ブーティ・コール、さらにもっとだ。

「出席しない」メイソンが携帯電話につぶやくころ、エレベーターはペントハウスに着いていた。「詫(わ)び状と寄付金に十万ポンド追加しておいてくれ」彼はそう結ぶと通話を切り、電話をポケットにしまった。

ロンドンに戻って数週間は、ベアトリスをイベントのいくつかにエスコートした。彼女を世間に知らしめるのを楽しみ、子供の母親として、彼女の存在が〈フォックス〉のブランドを高めてくれると確信していたからだ。だが彼女が妊娠六カ月で、夕方になると特に疲れやすくなると気づいてからは、そんなへたなジェスチャーにはすぐに飽きてしまった。

エレベーターのドアが開くと、彼はネクタイをむしり取った。ところがブリーフケースをホールのテーブルに置いたとたん、不安がすっと背筋を駆けあがった。いったいいつからこんなに家庭的になって、自分のビジネスを拡大するより、ベアトリスと一緒に過ごしたいと思うようになったのだろう。

彼は居心地の悪い思いを振り払おうとしたが、ペントハウスのリビングエリアに足を踏み入れるや、しかめっ面がさらに深まり、首筋がこわばった。

メイソンは四週間前にベアトリスをここに落ち着かせた。なんと言っても自分の生活を彼女から切り離すためだった。なのにほとんど毎晩ここに戻ってきて、仕事を終えたあと夕食とセックスをともにしている。仕事に行くのは好きだが、毎朝、夜明けにベアトリスを残して出ていき、時間をかけて〈フォックス・ベルグレイヴィア〉のスイートに戻って一日を始める準備にかかるのは、ひと苦労だった。最近、彼の職業倫理はいったいどうなったのだろう。

アメリカのハンプトンズに新しく建設中の〈フォックス・モーテル〉についても、一連のミーティングにほとんど集中できず、現地視察はニューヨークのエグゼクティブチームに任せた。ベアトリスと過ごす時間を奪われたくなかったからだ。プロジェクト全体が億劫に感じられてきて、心はいつもほかにあった。今朝もそうだ。去り際に、ぐっすり眠るベアトリスのむき出しの胸が上掛けからのぞいているのが見えて、その光景がずっと頭から離れなかった。

一緒にいたい欲求が、なぜ抑えられないのだろう。セックスだけでなく、彼は二人で過ごす夜を多くの理由で楽しみにするようになった。新しい仕事について熱心な意見を聞くのも好きで——それはベアトリスが短期間に誇らしげに練りあげたものだった。

ベアトリスの語学スキルが生かせて、給与や待遇面でも見劣りしない職場を探すよう、会社の企業買収チームに指示したとき、メイソンはポルトフィーノでの約束が果たせるくらいの仕事を思い描いていた。だがベアトリスは勤勉な職業倫理を持ち、真に博識で——職場の上司のジェンナも目を見張るほどで——すぐになくてはならない存在になっていた。

メイソンはさらに彼の事業構想について、ベアトリスの独自の洞察力を高く評価するようになった。テイクアウトの料理や、失敗した料理を食べながら、互いの一日について語り合うのだが——それは二人にともに料理の才能がなく、メイソンがベアトリスと二人きりで過ごしたくてスタッフを雇わないためでもあった。メイソンは妊娠についても、ベアトリスがもらす断片的な情報を楽しむようになった。メイソンもまた、ベアトリスの中に宿る命にどうしようもなく興味を持つようになったのだろう。どんなに彼がそんなことはないと否定しようとも。

彼はジャケットを脱ぐと、ソファにほうり投げた——昨夜はここでベアトリスに声をあげさせ、絶頂へと導いた。二人で彼女の好きなロマンティックコメディを観たあとだった。すると自分の考えが不穏な方向に向かうのがどうにも無視できなくなった。

どうしてベアトリスと一緒に過ごすことから抜け出せなくなったのだろう。そして、自分の過去や二人の将来について質問をかわすのは簡単でも、質問をかわす理由を簡単に説明できないのはなぜだろう。

おそらくベアトリスの瞳に宿る熱烈な希望に気づくようになったからだろう――それがわかった夜が次々とよみがえってくる。ベアトリスは彼が与えられないとすでにわかっているものを求めている。

「ベアトリス?」彼は声をあげ、どうしようもない考えを押しやった。彼女に話す機会を見つけるのにまだ三カ月ある。だから、ただ楽しむだけで時間が過ぎてしまったのか。だがメイソンは何年も努力を重ねて今の地位を築いた。ベアトリスも妊娠以来ずっと清掃のシフトをこなした。赤ん坊が生まれれば、この幕間劇にもきっぱりと終わりが来る。ならばなぜ楽しめるうちに楽しんでいけない理由があるんだ。

だが彼女が応えないので、メイソンの首筋がこわばった。また書斎で遅くまで仕事をしているのか。だが書斎のドアを開けても、誰もいなかった。

彼は首の後ろをなで、さらに強くもんで、いらだちとパニックを和らげようとした。どこにいるんだ。

ゲストルームでないことを祈った。そこではベアトリスが子供部屋の準備をしている。費用は彼が出すと言ったのに、ベアトリスは聞き入れなかった。

彼は廊下をまっすぐ歩いて主寝室に向かった。

ドアを開けると、付属のバスルームからシャワーの音が聞こえてきた。メイソンの首筋のこわばりが腿の間の緊張へと伝わった。彼は無言でバスルームに入っていった。体はなじみの興奮に貫かれていた。

おそらく彼に本当に必要だったのはこれだったのだろう。また彼女の中に身を沈めることだ。

ベアトリスはガラス張りの個室で体を横向きにし、シャワーに顔を傾けて立っていた。強化ガラスのおかげで、熱いシャワーから立ちのぼる湯気にもかかわらず、視界ははっきりしていた。日に日に豊満さを増すヒップと胸の曲線に、丸みをおびた腹部と赤らんだ肌が石鹸(せっけん)の泡に覆われて魅力を加えていた。

うめき声がもれ、体の芯まで渇望で揺さぶられた。

ベアトリスが振り向き、二人の視線が絡み合った。ベアトリスの表情が緩み、魅惑の笑みが浮かんで
――メイソンのほうを向いた。彼はその眺めに見入った。渇いて死にそうだった喉を潤すように、彼はひたすらその眺めをむさぼり、酔いしれた。水がベアトリスの背中を流れ落ち、豊満な胸を細かな流れとなって伝い落ちる。重みを増した胸を彼女が両手で包み込み、持ちあげた指に力をこめ、彼に差し出すようにして、とがった胸の先端を親指でかすめる。

メイソンはあわてて残りの服を脱ぎ始めた。ところが認知能力が急速に低下していくにつれ、新たなパニックが浮かびあがってきた。


なぜ欲望を止められない？　ずっとだ。赤ん坊が彼女の体に変化をもたらしていくのを見れば、この飽くなき欲望から解放されるはずだった。

なのに下着を脱いでシャワー室まで歩き、たけり立つ男の証(あかし)を手始めに――ベアトリスの指がそこに伝いおり、さらに甘い責苦を加えていくのを見ていると――彼の不穏な疑問は追いやられていた。

滝のように落ちかかる強力なオーガズムに、ビーは次々と見舞われた。打ちつけるシャワーよりさらに強烈だった。ビーはうめき声をもらし、タイルに頭をもたせかけて、きらめく雲の中を漂っていた。

ビーの両手がメイソンの肩から滑り落ち、背中がガラスに押しつけられると、メイソンが寄りかかってきた。ビーは彼の首筋に顔をうずめ、彼の肌についた石鹸のバニラの香りを吸い込んだ。彼の前腕がむき出しのヒップに伸びてきて、高く持ちあげられ

る感触が心地よかった。

彼は最後の絶頂の瞬間まで、激しく身を震わせた。その間も、二人はなんとか立ったままでいた。

「私を落とさないで」ビーはつぶやき、メイソンに深く貫かれたまま体をすり寄せた。

彼は抗議の声をあげた。「それはやめてくれ」

ビーはかすれた笑い声をもらし、ホルモンの過剰放出にまだ浮かされていて、彼が裸で浴室に踏み入り、激しい表情で彼女の露骨な挑発に応える約束をした記憶をよみがえらせていた。彼がうめき声をあげて体をずらし、おそらくビーから身を引こうとしているのだろう。それでも彼の平らな腹部が押しつけられると、ビーは数週間前から感じている腹部の奥深くで小波（さざなみ）のように震える感覚に見舞われた。

「さっきのはなんだ？」彼がさっと顔をあげた。

「あなたも感じた？」ビーは尋ね、喜びで胸が張り裂けそうだった。

「ああ、これはなんだ？」ビーは笑みを浮かべ、彼の呆然（ぼうぜん）とした表情を少なからず楽しんだ。ぐったりした腕をメイソンの首にまわし、両脚を彼の腰にしっかりと巻きつけて、彼の腕の中に身を落ち着けた――なんと言っても、二人で初めて彼のシャワーを使ったときより、ビーは何キロか重くなっていた。

「答えてくれ」じれったさをにじませながら言う。

「大丈夫なのか？」

ビーはうなずき、ほほ笑んだ。彼のあわてた反応がよけいにうれしくなった。どれほどビーの身を案じているかがはっきり証明されたからだ。たとえそれを認める準備はできていなくても。今はまだ。

「平気よ」ビーは答え、心の中で喜びがはじけた。こんなにも親密な瞬間を分かち合えるなんて、この上ない幸せだった。「赤ちゃんが自分の居場所を邪魔されて抗議してるだけよ」

「それは……」腹部のふくらみをじっと見つめる。

「本当なのか?」彼の顔を張りつめた表情がよぎったが、まなざしがすぐにうつろになり、さっと視線をそらした。ビーの喜びが薄れた。ほんの少しだが。

メイソンの視線が二人の体がまだ結びついている場所に注がれたが、ビーは彼の肩がこわばるのがわかった──寸前までの激しい興奮が遠のいていく。

「知ることができてよかった」彼は言ったが、口にされないあらゆる言葉をのみ込んで声が荒くなった。

喜びは薄れ、悲しみと困惑が取って代わった。なぜ彼は赤ちゃんの話をするのがそんなに難しいのだろう。妊婦検診の報告は興味深げに聞いていたのに、質問はしなかった。この前の検査の誘いも断った。そして先週、ビーがゲストルームを子供部屋にしてもいいかと尋ねると──赤ちゃんが生まれたらどうするか話し合うきっかけにしようと思ったのに──彼は不機嫌そうにただイエスと答え、夕食の席でビーを誘惑し始めて話をうやむやにした。

翌日、個人秘書のジョーは、ロンドン一の高級デパートにビー名義で資金が無制限に遣える口座を開設したと知らせ、ベビー用品やオートクチュールの買い物代行を専門に扱うパーソナルショッパーのリストと、子供部屋の室内装飾を手がける世界的に有名なインテリアデザイナーの連絡先を渡した。

だがメイソンはそれ以来、ゲストルームに入ることを拒んでいる。

ビーの体越しに手を伸ばし、メイソンはまだ温水をほとばしらせているシャワーのスイッチを切った。それからビーを体からおろして立たせた。ビーの肘をしっかりつかんで、ちゃんと立っていられるようになるまで支える。「大丈夫か?」彼はきいた。

「ええ」ビーは答えたが、彼が離れていくとそうではないとわかり、大丈夫とはほど遠い気分だった。

目がちくちくして涙があふれてくるのは妊娠ホルモンのせいかもしれない。よくあることだ。怒濤(どとう)のようなセックスで感情も何も押し流されて、それから赤ちゃんが自分の中で動くのを感じ、メイソンにもそれがわかった。でも、そんなことをすべて経験しても、この痛みは一掃されない。彼はビーをシャワーの下に独りで残し、ビーはタオルを手に取った。ビーは喉元に押し寄せる痛みに満ちた感情をのみくだし、彼が引きしまった腰にタオルを巻きつけるのを見ていた。なぜ彼は自分の気持ちをビーに伝えられないのだろう。なぜ赤ちゃんについて話し合おうとしないの？　二人のことを。二人の将来について。ビーは辛抱強く彼を理解しようと努め、時間を与え、自分の考えや気持ちを口にしてくれるのを待った。それでも過去についてわずかにもらした話からすると、彼は自分の感情的な欲求を口にすることにも、自分が感情的な欲求を持っていると認めることにも、慣れていないのではないかと思えてくるのだった。でも、ビーは彼が感情豊かだと知っている。その証拠はあらゆる機会に見聞きしてきたし――彼がそう認めさえすれば、優しくて愛情深い、全力で守ってくれる父親でありパートナーになれるだろう。

ビーに見られていないと思うとき、彼がどんなふうにビーを見つめているか、彼女は知っている。彼の目には、あらゆる問いかけと欲求が読み取れた。

でもそれは彼が口にしないことにではなく、彼がビーに見せたささいなことに、ビーが意味を見いだしたものだった。

別居が必要だと告げた最初の夜以来、メイソンはひと晩たりともビーと離れて過ごそうとせず、彼女を独りで寝かせはしなかった。今ではいつも夜を過ごし、朝のばかげた時間に起き出して、ベルグレイヴィアのホテルのスイートルームに戻って、着替えをする時間だけは作っていた。昨日、遅くまで働いている彼女を見つけると彼は動揺し、険悪な雰囲気になったが、仕事を減らせとまでは要求しなかった。

ビーは夜はほとんど彼がここにいるのに慣れ、信じられないようなセックスにもなじみ、眠るときの彼の力強い腕の感触にも、彼が炒め物を調理しようとしたり、ソファに寄り添ってビーの好きなロマンティックコメディを観たりする姿にもなじんでいった。するとビーは、ごくまれに彼が姿を見せないことがあると寂しく思うようになっていた。

ビーはメイソンに深い心の結びつきを感じ、彼と一緒にいて、その存在に頼るようになると、ビーの仕事や彼の仕事についても深く議論を交わすようにもなった。これまでは彼を最も必要とするとき、彼がここにいたとしても、彼から責任ある意見を求められるようなことはなかった。

ビーは震えながらシャワー室から出た。彼がタオルを取ってくれて肩にかけてくれた。

「今夜は催し物に出ないといけないんだ」彼は背を向け、バスルームの床に脱ぎ捨てた服を拾いあげた。「ベルグレイヴィアに戻って着替えねばならない」

ビーは身震いし、体の芯まで凍えるようだった。セックスのあと、この数週間で初めて、彼は本当にビーのもとから行ってしまうのだろうか。夜もビーと一緒に過ごさないことなど、ロンドンに戻って一度もなかったのに。それも赤ちゃんが初めて動くのを感じた直後に。「私も一緒に行くのよね？」ビーは尋ねた。きっと何か誤解しているに違いない。

戻ってきた当初は、二人でイベントのいくつかに出かけ、彼に同伴して注目されるのを楽しんだ。でもマスコミの注目ぶりは異常で、それに文化複合施設のバービカン・センターでの晩餐会で眠りそうになったこともあって——彼が催し物への出席を誘わなくなったのを喜んでいた。それでも、今回は彼と一緒にぜひ行きたいと思った。どういうことになるか少し不安はあったとしても。

メイソンはちらりとビーを見たが、ビーが彼の反応を見きわめる前に、視線がさっと離れていった。「必要ない」彼は言った。「遅くなりそうだし、きみは疲れてるはずだ。僕は今夜はホテルに泊まる」

あまりに唐突に解雇を言い渡されたようで、平手打ちを浴びたような衝撃だった。メイソンがビーから身を引き、立ち去ろうとしている――突然、彼の本当の気持ちについてビーが思いめぐらした将来に、すべて疑問符がつく結果になってしまった。彼女についても、赤ちゃんについても、二人についても。

ビーはずっと自分に都合のいいように考えていたのだろうか。メイソンが実際以上に自分のことを思ってくれていると信じたかったのだろうか。それこそ自分の父親に何年もしてきたことではなかったのか。父が彼女を愛し気にかけてくれていると信じ、父の望みどおりにしていれば、やがて彼女が父にとって価値ある存在だとわかってくれるだろうと。父の目的を達成するために利用されているのではなく。

「このイベントがそんなに重要なの？」ビーは尋ねた。心臓が胸に打ちつけ、涙で目が痛かった。

メイソンは無表情にビーを見つめた。

「あなたは今まで、このことに触れなかったから」さらに言葉を継ぐ。「どうしてなのかなと思って」

それでも彼がじっとビーを見つめているので、その理由がわかった。これは彼の回避戦術の一つなのだ。自分の感情を認めないように、目をそむける機会を自分に与えているのだ。赤ちゃんが動くのを感じたとき、彼の目には小さな命への畏敬の念が浮かんでいた。それはすぐに消えてしまったけれど、ビーはあの瞬間にしがみついていた。

時は駆け足で過ぎていく。もうすぐ子供が生まれて、メイソンがその子の人生にずっと関わっていきたいと思っているのかどうか、ビーにはまだわからない。彼がビーのことをどう思っているのかさえ。彼に尋ねてもいない。責任を問うこともしていない。

彼について知らないことが多すぎる。彼が話したがっていないと、ビーが察してしまうからだ。それに彼の欲求に敏感になるほうが、ビーが最も恐れていることに直面するよりも簡単だったからだ。もし問いつめてしまえば、ビーには価値がない、ビーでは物足りないと言われてしまいそうだった。

なのに何をどうしても彼と恋に落ちるのを止められなかった……。それがビーの弱点だった。

それがわかるまで途方もない時間がかかった。

だがそれがまたビーを奮い立たせた。なぜなら彼を愛するだけでは十分ではなかったからだ。彼がビーを愛せる可能性があるかどうか知る必要がある。そうでなければビーはまた一方的な関係の罠にとらわれてしまい——無条件の愛をただ望み続けるだけになってしまう。自分から愛を求めるのではなく。

明らかにこの一カ月の間に、対立することへのかつての恐怖が再び頭をもたげてきていた。長い間、実家で暮らし、父親の意図に異議を唱えなかったのと同じ臆病さだ。ビーはメイソンに今度いつ来るかと迫ったことも、約束を求めたこともなかった……。

これほど多くのことが危機に瀕しているのに、ビーはなぜメイソンに受け身のままでいられたのだろう。おそらく今の自分は違うと彼女自身に納得させていたからだろう。でも充実した仕事と、すばらしいセックスがあり、大切にされているとわかっていても——父親には決してこうはしてもらえなかった——それだけでは十分ではない。ビーにとっても、赤ちゃんにとっても。

「ああ、とても重要だ。行かないと」だがビーは彼の声に偽りの響きを聞き取っていた。今は以前よりはるかに彼の気持ちが読み取れるようになっていた。

涙がひと筋こぼれ落ち、ビーはそれを拭った。

「ベアトリス、どうした？」彼は苦しげに言い、ひどく警戒している。「ひと晩だけだ、いいだろう」

「今夜だけじゃないわ、メイソン」ビーは突然、耐えがたいほどの疲れと寄る辺なさを感じていた。

「それはどういう意味だ？」

「あなたは決して私に話そうとしない……」

「いつもきみに話してるじゃないか」メイソンはビーの言葉をさえぎったが、彼女はその戦術に気づいていた。彼がこんなふうにするのは今回だけではないからだ――喧嘩腰の怒り任せの言葉で真実に触れるのを避けようとする。「僕はほとんど毎晩ここにいて、ほかの約束にはかまわないでいた。だが、いつもそうできるわけじゃない」

「あなたは決して赤ちゃんについても、私たちのことについても話そうとしない」ビーはゆっくりと、注意深く、あえて怒りの泡をはじけさせようと決意していた。彼にまた別の話題に向かわせたり、話をそらさせたりするつもりはなかった。

ビーには今、勇気が必要だった。当然あると思っている勇気が、これまでにも増して必要だった。

「あなたが父親になることをどう思っているかについても」ビーは言葉を続け、自分の腹部を手で包み、そのかすかな揺らぎがビーを安心させ、決意をさらに強めた。「この子の人生で、あなたが果たそうと思う役割について。生まれてからの、私の人生で」

「なぜ今その話をする必要があるんだ？　生まれるまでまだ何カ月もあるのに」彼はぴしゃりと言い返したが、ビーにも彼の不安が伝わってきた。

「なぜなら、あなたに私の人生の一部になってほしいからよ」ビーは言った。「とても」深く息を吸う。

彼に真実を言わねばならない。どんなに自分の気持ちをさらけ出すことになろうとも。これはとても大切なことなのだから。

「なぜなら、あなたを愛してしまったから、メイソン。私たち三人で家族になりたいからよ」

13

「きみは僕を愛してなどいないさ、プリンセス」メイソンはわざと軽口めかして言った。胸の内ではあらゆる感情がむき出しになり、悲鳴をあげていた。ベアトリスの腹部がかすかに蹴られるのを感じたとき、彼はショックを受け、興奮もした。だがやがて、そんなわずかな動きが彼を責め、さいなんでいた。

やがてこんな事態が起こると知っておくべきだった。ベアトリスのような人物が、彼を善人と勘違いすると肝に銘じておくべきだったのだ。彼は怖くて真実を言えずにいたのに。

「私の気持ちを言ってもらわなくていいわ」

「だったらばかなことを言うんじゃない。僕をよく知りもしないで、なぜ愛してると言えるんだ」メイソンはパニックに喉をかきむしられながら答えた。

メイソンは自分自身のことを、過去のことを、生き残るためにしてきたことをすべて彼女に話したくなかった。ベアトリスが彼の人生に入ってくるまで、覆い隠して無視し、問題にしなかったことばかりだ。

ところが彼女が腹部のふくらみに手をあて、そこで二人の子供が育っているかと思うと、もうどうしようもないと思えてくる。ベアトリスは自分のしていることがわかっているのだろうか。彼女は本能的に、メイソンのような者から子供を守っているのだ。

ベアトリスはゆっくりまばたきし、瞳がショックで表情を失い、やがて彼の胸に広がる罪悪感に応えて同情の輝きが宿ったが、すぐに悲しげにゆがんだ。

「私はあなたの何を知らないの、メイソン?」お金を稼ぐために懸命に働いて得た自信を支えに、ベアトリスは尋ねた。「どんなにひどいことでも、そろそろ話してくれていいと思わない？」

　この幸せの泡をはじけさせず、ベアトリスの希望を壊さないためなら、メイソンはなんでもしただろう。なぜなら彼なりに、ベアトリスに深い感情を抱いているとわかっていたからだ。赤ん坊に対しても。認めずにはいられない感情だった。ベアトリスだけでなく、彼自身に対しても。二人を守るために。

「本当に知りたいのか？」メイソンは言った。「話してもいいが、まずは二人で服を着よう」そう言葉を結ぶと、彼はバスルームから出ていった。

　彼が服を着て靴を履こうとしたとき、バスローブを着たベアトリスが現れた。髪はとかしていたが、顔はまだシャワーとセックスの余韻で赤らんでいる。もう二度と彼女に触れられず、腕に抱いて体をわななかせることもできず、絶頂に導いて至福の表情を浮かべるところも見られないと思うと、耐えられない気分だった。もっと悪いのは、もう二度とベアトリスがあの優しいまなざしで見てくれなくなると思えることだった。自分はいつも身勝手で体の喜びを得るためにしかデートには興味がないと思っていたのに、なぜこんな思いが一番胸にこたえるのだろう。

　彼はベッドに腰かけ、腕を膝の上にのせた。急に疲れはてた気分だった。都合のいい嘘も安易なはぐらかしも果てしない回避戦術も、ついに彼を見捨てた。ベアトリスが何か言おうと口を開いたが、メイソンが機先を制した。「なぜ僕を愛してるんだ？」よく考えもせず、その質問が口を突いて出ていた。彼はひるんだ。あまりに貧弱で情けなかった。

　メイソンは軽蔑を、あるいはあざけりさえ予想したが、ベアトリスの視線が彼を探ったとき彼が目にしたのは深い思いやりだった。そして決して手に入らないものを求め待ち望んでいた幼い少年に戻った気分にさせる、あのとてつもない優しさだった。

「ああ、メイソン」ベアトリスは言った。「私はあなたを愛さずにいられないのよ」彼女は腹部のふくらみに手をあてた。「あなたは私に赤ちゃんを授けてくれて、いろんな意味で私を自由にしてくれた」ふっと息をつく。「最初は傷ついたけど、あなたの言うとおりだった。私は父に立ち向かうのが怖くて、言いなりになっていたのよ」

「そんなのはばかげてる、ベアトリス」彼は言った。「きみだっていずれわかっていたはずだ。僕はきみを誘惑して妊娠させ、翌日、考えられる限り最も残酷なやり方できみを捨てたじゃないか」

彼はあの朝ベアトリスに言ったことを謝った。それでも、この一カ月の自分の振る舞いを考えれば考えるほど、謝罪だけではすまない気がしている。

ベアトリスは喉のつかえを払い、淡いブルーの瞳を輝かせた。「ちょっと待って、初めての夜、誰が誰を誘惑したのだったかしら。だって、明らかにあべこべで、私とあなたを取り違えてるわ」

メイソンはかすれた声で笑い声をあげた。ベアトリスはすばらしい女性だ。だがその愉快な波紋は、起こったときと同じく、ほとんどすぐに消え去った。

メイソンはベアトリスから目をそらした。なぜなら彼女を見ながらでは残りの話ができないからだ。

「きみがなぜイタリアを去らないといけなくなったのか、知りたいだろう?」彼はなんとか言った。

「なぜ……」とても優しく、信頼しきった声できく。

彼はふっとひと息つき、言葉を押し出した。「僕がジョーに言ってマスコミに情報を流させたんだ」

口にされた告白が銃声のように響いた。ベアトリスの眉がつりあがったが、優しさはまだ感じられる。まだ真実のすべてを聞いていないからかもしれない。

「きみがイタリアを去らざるをえないようにした」彼は説明した。「長く待ちたくなくて、自分の欲求を押し通すことしか頭になかった」彼は続けた。自分が招いたおぞましい現実に首を締めつけられていた。「きみに自分で決断させる代わりに、裏で手をまわして僕に有利に運ぶようにしむけたんだ」

　ラパッロのピザの店で、彼の要求に屈しなかったベアトリスの頑固さはまだ覚えている。彼女はあくまで自立の道を主張していた。そして多くの点で、メイソンは彼女を賞賛した。だが翌朝、報道陣が大挙して押し寄せると、彼はすぐに自分の行動を制限し、欲しいものを手に入れるために必要なことはなんでもして、それを正当化した。

　これがいつもの彼の常套手段だった。物事が思いどおりに進むまで、真実から目をそらさせ、はぐらかし、隠蔽する。それが神話の裏に隠れた本当の男の姿だった。無一文から這いあがり、とほうもないリスクを冒し、望みの報酬を手に入れたたたきあげの億万長者ではなく、母親さえ愛せず、運命から逃れるためなら恐ろしいことでも平気でする少年だ。

　今ならはっきりわかる。彼はベアトリスと赤ん坊を守るために、あえてこの話題に触れさせないようにしていたのだと。当時は自分にそう言い聞かせていた。だがそのときも彼は恐れていた。だから選択肢を与えて、彼を選ばせないようにしていたのだ。

　ベアトリスが息をつくのがわかり、メイソンは彼女の怒りと嫌悪に向き合う覚悟をした。

　ところがベアトリスがようやく口を開いたとき、その声には、同じ思いやりがうかがえた。

「あなたが話してくれてよかった。裏工作をしていたというわけね」かなり手加減した表現だが、ベアトリスはそう言った。だが、そのとき彼女の繊細な手がメイソンの膝の上に置かれ、膝をそっと握った。「でも参考までに言わせてもらうと、あなたは避けられないことを早めてくれただけだと思う」

　メイソンは彼女に向き直り、口調に含まれる優しい愛情と――穏やかな黙認に驚きを隠せなかった。

「本当か、ベアトリス？　それでいいのか？」彼は言い、今は困惑していた。「言いたいことはそれだけか？　僕はきみを巧みに操り、きみが愛し、何カ月もかけて築いた生活からきみを引き離し、きみのあらゆる選択肢を奪ってしまった――なのに僕を許すというのか？」メイソンの困惑は深まった。

「まあ、公平に言えば、私だってトイレ清掃はそんなに好きじゃないわ」ベアトリスは言った。

「これはジョークで言ってるんじゃない」

彼は指で髪をかきあげ、立ちあがって窓辺まで歩いていった。じっと座ってなどいられない。そして彼女にあんなふうに目を向けられて、自分がひどいことをしたとわかっているのに、大したことではないかのように見られるのが耐えられなかった。

彼は低く悪態をついた。「これはきみの父親の、あのろくでなしと暮らした名残か？　僕を愛しているから、僕の卑劣な行いも受け入れねばならないと思ってるのか？」彼は〝僕を愛している〟と言うとき、皮肉めかして引用符をつけるまねまでした。

「そうじゃないわ」ベアトリスはさっと立ちあがり、部屋を横切ってきた。穏やかな黙認の表情などもうない。「もしまたこんなことをしたら……」胸を張り、目を細くする。「絶対に後悔させてやるから」

彼がこんなに反省していなければ、もっと強い脅しになっていたかもしれない。

「でもあなたはもう十分苦しんだようだから、さらに私が苦しめても意味はないわ。あなたが何をしたか話してくれた事実が重要なのよ。そうやって私たちは互いに信頼していけるのだから」

「信頼？」メイソンはつぶやいた。彼女は言葉の意味がわかっているのか。そんなにだまされやすいのだろうか。彼はベアトリスの首筋を手で包み込み、額に額をくっつけた。最後にもう一度、彼女に触れずにいられない。「どうして僕が信頼できるんだ、ベアトリス、本当の僕を知らないのに？」

ベアトリスにそっと頬を触れられ、メイソンはパニックで喉がふさがった。

「残りの話もしたほうがいいわ、メイソン」ベアトリスは優しく言った。

メイソンはうなずき、彼女の言うとおりだと知った。彼がしてきたことをすべて話したら、ベアトリスはもう彼を愛さなくなるだろうと思い、ひどく胸が痛んだ。だが彼女をこのまま操り続け、自分の目的のために彼女の無邪気さや優しさをもてあそび続けるのは、もっと胸の痛むことだった。

メイソンは顔をあげ、窓際に戻ると、ドックの風景を見おろした。彼がかつて悪党どものために働いていた場所で、ただ逃げ出すことだけを夢見ていた。あそこから出ていくことだけを。自分でも気づかないうちに、いつもあそこにとらわれていたと思うと、奇妙な話だった。自己防衛と自己抑制という、彼がいつも誇りに思っていた本能は、逃げるためならなんでもする少年のころ身についたものだった。

「父親はろくでなしだったと言っただろう」彼はゆっくりと、用心深く言った。「僕を利用したと。だが本当は、コントロールできない依存症を抱えた、ただの愚かな負け犬だった。グレイハウンドのレースでも競馬でも、サッカーのウエストハムが二分で点を取るか十分で点を取るかでも、なんでも賭けた。そのせいで僕たちはいつも無一文だった」

あの生活が今でははるかな昔のようだ――冬には暖房をつけるのも恐る恐るで、家に何もなかったから、お茶の時間にシリアルを食べたり、コインランドリーに行く小銭がなかったから、学校では臭い子でとおっていた。それでも、さまざまな意味で、あの生活はいつも彼の中に残っていた。というのも、彼は父親のような負け犬になるのではないかという恐怖を、決して拭い去ることができなかったからだ。

だからこそ、彼は逃げ出すために懸命に働いたのではないだろうか。金持ちになるためではなく、身の安全を守るために。

ベアトリスの足音がカーペットを伝ってきて、頬が彼の背中に触れた。メイソンは身を震わせた。その柔らかな感触に安心すると同時に恐ろしくもあった。なぜなら彼はそれを心から欲して必要とし、それがなければ生きていけるとは思えなかったからだ。

「メイソン、大丈夫よ。息をして」ベアトリスはささやいたが、彼は脚から力が抜け、津波のように押し寄せてくる感情に、立っていられそうになかった。

彼が脚を踏んばり、まっすぐ立っていようとしても、記憶が渦を巻いて、もはや心の奥底にとどまりもせず、罪悪感と自責の念で息がつまりそうだった。

かつて暮らしていた、あばら家の地下の外壁の上に座って、毎日、放課後、何週間も母親が帰ってくるのを待っていた。そんな意識の端でぼやけた記憶が、彼をさらに責めたてる。もっとひどいのは、何年もあと、最後に会ったときの父親の記憶で――その顔は疲れて老いさらばえ、ひどくやつれていた。

「結局、父親は高利貸しから金を借りた。大金だ。その借金を返す唯一の方法は、僕が彼らのために使い走りをすることだった」メイソンはまた苦しい息を吸い込んで吐き出した。背中に感じるベアトリスの存在が唯一彼をこの場所にとどめておいてくれる。

「しばらくはそうした。最初はチップがもらえるから楽しかった」彼は肩をすくめた。「だがそのうち、もうやりたくなくなった。成長して知恵もついてきて、彼らのやってることが見えてきたんだ――理由もなくたたきのめされる人たち、食いものにされる女性たち。僕は彼らが怖かったし、いつか捕まって、一生あんな人生から抜け出せなくなるのではと恐れた。だから父親にもう出ていくと言ったんだ」彼は足元を見おろした。穴飾りのついたブローグシューズの磨きあげられた革が、彼の顔を映している。だがその瞬間、彼に見えていたのは物乞いをする父親の姿だった。「僕は決して振り返らなかった」

ビーはメイソンの腰に手をまわし、抱きしめた。心臓が張り裂けそうで、体の震えを抑えて彼に伝わらないようにした。さっきは彼の声が恥じ入って聞こえた。「あなたはそのことで自分を責めているのね？」ビーは優しく尋ねた。

これが問題の根っこなのだろうか。これが理由で彼は自分の一部を抑え込もうとしていたのだろうか。自分の内にいる悪魔をビーに見せるのが怖くて？

ビーはこれはすべて自分にもあてはまると思った。彼女はメイソンに必要なものを要求できるほど、強くも、賢くも、勇敢でもなかった。彼を愛してしまったからこそ、彼に拒絶されることを恐れて、その思いを押し通すことができなかったのだ。

このことにはかなりの真実が含まれている……。心の奥底で、これはビーの自信の問題であるだけでなく、彼の自信の問題でもあると今ならわかる。二人とも、自分ではコントロールできないことで傷つき、感情の嵐に巻き込まれ、どちらもうまく切り抜けられるすべを持っていなかった。

「ああ、そうとも」かすれる声で言う。「彼らはかなりはっきり言った。彼らの言うとおりにしなければ、父親を殺すと言われたんだ。だから言いなりになった。それが間違いだとわかっていても」

彼は大きく息をつき、肩を震わせ、話すにつれて声に抑揚がなくなり単調になっていった。

「だが十四歳になり、もう十分だと思った。父に何が起ころうと僕はもう気にしなくなった」彼は向き直ったが、目にはもの悲しげな表情が浮かび、ビーは体が震えた。「父は行かないでくれと懇願したが、それでも僕は立ち去った。以来、父に会うことはなかった。彼らが父にしたことがいいことだとは思わない」彼は最後に言った。「きみはそんな男を愛せるか？　自分が助かるために、肉親にこんなことをする男を。そんな人間をどうして自分の赤ん坊のそばに置きたいと思うんだ？」

「そのとき彼は大人の男ではなく、子供だったからよ、メイソン」ビーは優しく言った。彼を見るとき、ビーが彼に何を見ているかわかってほしかった。

でも彼はただ首を横に振るだけだった。「判断ができる十分な年齢だった」

ビーはメイソンの表情に絶望を感じ、彼の過去をかいま見た気がした。大人の彼の中にいる、少年のメイソンを。そして彼が向き合った、ありえない挑戦を思った。彼が克服した障害を思い、そのために払った恐ろしい代償を思った。孤独と怒りと、必死で逃げ場を見つけようとする姿を――ちょうど彼に初めて会ったとき、ビーがそうだったように。

彼はビーに逃げ場を与えた。彼の本意ではなかったが――挑戦することで、自分がなりたいと思う女性になれる機会を与えてくれた。

ビーはイタリアで、自分が成長し、変われると知った――自力で生きていくことで。それでも、彼もまたひどい不安を抱えていると受け入れなければ、ビーは過去の臆病な自分を責めることを決してやめなかったし、彼を愛することもなかっただろう。

「もうわかっただろう」彼はうつむき、手の甲に刻まれた、飛びたつ鳥のタトゥーを親指でこすった。「僕は詐欺師だ。こんな裏切りを重ねたあげく、僕は帝国を築いた」彼が顔をあげると、その目にはむき出しの傷ついた表情がそのまま表れていた。「弁解させてもらえば、僕がしたことや、きみに僕を求めさせようとしたり、きみをここにとどまらせようとしてついた嘘は、僕が何年も自分につき続けた嘘に比べれば大したことじゃない」

その声に込められた自己嫌悪に、ビーの心は砕かれた。それでも胸に砕けた破片のあとに、ビーは自分の愛の確かで揺るぎない鼓動を感じた――そしてその愛は、ビーの欠点だけでなく彼の欠点をも見つめ、受け入れられるほどの強さと知恵をそなえていると知った。ビーはメイソンの頬を包み、彼が本能的にその愛撫に身を寄せてくると、彼女の胸は喜びでいっぱいになった。

「私たちはどちらも完璧とは言えないわ」ビーはそっと言い、口元をゆがめた。「とても厄介よね」

メイソンの眉がつりあがり、その目に呆然とした不信感が宿ると、ビーの胸も同じように痛んで、心臓の鼓動が破裂しそうな勢いで打っていた。

彼はビーの手を自分の手で覆って顔からずらすと、指を絡めて握った。「僕から逃げないのか？」

ビーの口元があがり、首を横に振る。これは今まで誰にもしたことのない最も簡単な返事だと思った。

「あなたを愛してると言ったのに、信じないの？」

彼の緑の瞳がエメラルド色に深まり、罪深いきらめきを放ってビーの胸を締めつける。「きみがそう言うなら、プリンセス」彼がビーの手を口元に持ちあげ、指のつけ根の関節にうやうやしく唇を押しつける。五感が目覚めるなじみの感覚がビーの下腹部へと伝わっていった。「慰めにもなるかどうかわからないが」彼は言い添えた。「きみを愛していると思う」彼女の腹部に視線を落とす。「その子も」

ビーの眉がつりあがった。「そう思うの？　そうわかってるの？」

彼はビーのウエストに腕をまわして持ちあげた。ビーは彼の肩をきつくつかみ、いかついハンサムな顔を見おろしながら、豊かなエメラルド色の瞳が愛で和らぐのをまのあたりにした。「わかっている」

ビーは笑みを浮かべて彼を見おろした。おなかの赤ちゃんも二人に賛成するようにかすかに動いた。

エピローグ

一年後

「もう出よう、プリンセス・トラブル！」メイソンはにっこり笑ってみせた。リヴィエラの日差しが館(カステッロ)の新しいインフィニティプールの水面(みなも)にきらめく中、小さな娘を水から引っぱりあげようとする。

彼が娘を捕まえると、娘は大笑いし、メイソンも笑みを返した。すると娘は手足をばたつかせて、メイソン自身の笑いが大きくはじけた——父親にもっとしてくれとねだるときの娘の見えすいたやり方だ。

生後八カ月のエラ・キャリーズ・アンガーラッド・フォックスは、父親をふくよかな小さな指で意のままに操る、絶対的な暴君だった。娘の母親は、父親がモンスターを創り出していると警告していた。

それでも娘が目をこすりこすり彼の腕から再び抜け出そうとすると、これは娘を失望させるようなことをしなければならないときだと悟るのだった。

「もういいだろう、シンデレラ」彼は娘の愛らしい小さな鼻に指をあてて言った。少しピンクに染まりかけている。「きみを日焼けさせるわけにいかないんだ。さもないと今夜、パパの面目は丸つぶれだ」

それに今夜は、むずかる赤ん坊をなだめたりせずに過ごすつもりだった。というのも今日は一年前、彼が赤ん坊の母親に自分の過去の真実を打ち明け、それでも母親が彼を愛すると決めた、記念すべき日だったからだ。ところが娘を腕に抱えてプールから出ていきながら、彼の笑みは消えていった。娘は相変わらず手足をばたつかせて大騒ぎで、これを新しいゲームとでも思っているようだ。

メイソンがプール脇のラウンジチェアのそばを通りかかると、ジャック・ウルフが長男のルカにおとぎ話の絵本の読み聞かせをしているところだった。四歳の男の子は挿絵の一つを指さした。「ママがこれはパパだって言ってたよ」そう声をあげる。

「ママがパパをこの大きな悪い狼（ビッグ・バッド・ウルフ）だって？　よくも……」ジャックは顔をしかめ、ののしりの言葉をのみ込むと、メイソンにしかめっ面を向けた。

「そっくりじゃないか」メイソンは笑って答え、タオルを取って、エラのサンスーツを脱がせ始めた。

彼とジャックは急速に親交を深めていた。春に結婚式を挙げたとき、ジャックがベアトリスのつき添い役を買って出てくれて以来だった――ベアトリスの父親はメイソンが五千ポンド払わない限り、娘のつき添い役は務めないときっぱり拒否したからだ。メイソンはベアトリスがいまだに父親から口をきいてもらえず苦しんでいると知っていたので、支払うことも考えたが、ジャックは必要ないと忠告した。

メイソンはジャックに同意せざるをえなかった。

彼はベアトリスには父親の要求について話していない。父親がとことん愚か者だと知る必要はないし、二人の娘からは断固引き離しておくつもりだった。それでもベアトリスが義兄が父親役を務めてくれたのを喜んでいたようなので、ほっとしていた。

ベアトリスとジャックがかつて婚約していたにもかかわらず、彼がベアトリスを花婿に引き渡す役を引き受けたことがひどく奇妙に思われたのかもしれない。グラビア雑誌にさえゴシップ記事があふれ、結婚式の無許可の写真がインターネットをにぎわせた。だがメイソンはどう思われようと気にしなかった。ベアトリスがジャックに腕を取られて教会の通路の端に現れたとき、彼女がキャンドルの光にきらめくウエディングドレスを身にまとう姿は息をのむほど美しく、花嫁はメイソンしか見ていないとわかったからだ。

それにウルフ夫妻はもう家族だった。ジャックとキャサリンの三人の息子たちは――二度目の妊娠が双子だとわかって誰もが驚き、キャサリンは特に驚いたのだが――エラのよい遊び友だちになりそうだったので、メイソンはいつかみんなで一緒に過ごせないかと望んでいた。そこでメイソンとベアトリスは、ウルフ一家をこの夏ポルトフィーノに招待すればもっと楽しくなると計画した。メイソンはすでにベアトリスが働いていた古い〈グランデ〉ホテルを十五室の豪華なカステッロに改装し、自分たち専用で使えるようにしてあった。

ベアトリスはメイソンが結婚祝いにこのホテルを購入したとき、その案に乗り気ではなかった。メイソンにきかれてベアトリスはその理由を告げたのだが……。彼女は〈ポルトフィーノ・グランデ〉の友人たちが職を失うことを心配していたのだ。

そこで彼はリグリア州に〈フォックス・イタリア〉を開業し、周辺のリゾートチェーンを買収して、マルタとファブリツィオを経営陣のトップにすえると、改装とスタッフの配置を監督させることにした。

「さあジャックおじさんといとこのルカにさよならを言おう」メイソンは言い、ようすがまた変わったエラを肩に抱きかかえた。エラが騒がしくなっている。鞭のように体をしならせて、新しいゲームが前のゲームほど楽しくないと気づいたのかもしれない。

「あとでまた、エラ」ジャックが言った。

ルカは熱心に手を振って、父親とさっきまで続けていた突っ込んだ議論に戻った。「ビッグ・バッド・ウルフは無法者の狼じゃないんだよ、パパ」難しい言葉をたどたどしい発音で続ける。「とてもやんちゃな狼なんだ」

メイソンはまだ笑いながら館の中へと向かった。娘はどんどん不機嫌になり、その間も彼は今夜の夕食のメニューのことでシェフと話したり、義姉のキャサリンとおしゃべりをしたりした。キャサリンは双子のカイとダヴィズを、夏の間に雇ったナニーの助けを借りて寝かしつけたところだった。

メイソンとエラがプレジデンシャル・スイートに着くころには、娘は不確かな言葉で自分の気持ちをはっきり伝えるようになっていて、その言葉は決して楽しげには聞こえなかった。娘の涙に困りはて、なだめようとしたが、彼にはすぐに楽しくさせるようなことは思いつけなかった。そのとき赤ん坊の母親がさっとバスルームから出てきた。

スイートルームは去年の夏とはまったく違っていて、備品や調度品がすべて新しくなっていた。メイソンはベアトリスの姿を認めると、全身に激しい感情がわき起こるのを感じた。なぜならベアトリスがバケツとモップを持ってバスルームから出てくるのを初めて見たときも似たような感情に襲われたからだ。今よりも髪は短く、体は彼が今腕に抱く赤ん坊のせいで丸みをおびてはいたが。当時はわからなかった感情だが、妻が二人に駆け寄ってきて、大声で抗議するエラを腕からすくいあげたときわかった。

「あら、プリンセス・トラブルがご機嫌ななめ?」ベアトリスは言いながら、娘のブロンドの髪の房越しに、楽しげで少し得意げな笑みを彼に向けた。

「ああ、パパと少し日にあたりすぎたみたいだ」メイソンが沈んだ表情でつぶやく一方で、ベアトリスは、泣いている娘と一緒に寝室のゆったりしたソファに身を落ち着けると、授乳ブラから胸を解放した。

あのときはわからなかった感情が、今ならわかる。メイソンは二人のそばに座り、妻の肩に腕をまわしながら考えた。衝撃と畏怖の念と誇らしさと、すべてをのみ込む圧倒されるような愛を、彼は今感じていた。

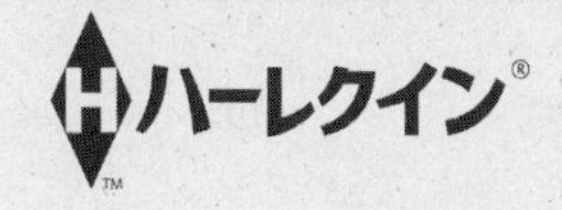

ホテル王と秘密のメイド
2024年8月5日発行

著　　者　ハイディ・ライス
訳　　者　加納亜依（かのう　あい）

発 行 人　鈴木幸辰
発 行 所　株式会社ハーパーコリンズ・ジャパン
東京都千代田区大手町 1-5-1
電話 04-2951-2000（注文）
0570-008091（読者ｻｰﾋﾞｽ係）

印刷・製本　大日本印刷株式会社
東京都新宿区市谷加賀町 1-1-1

ISBN978-4-596-63903-5 C0297

ハーレクイン"の話題の文庫
毎月4点刊行、お手ごろ文庫!

7月刊 好評発売中!

Harlequin 45th Anniversary

『奪われた贈り物』
ミシェル・リード

ジョアンナとイタリア人銀行頭取サンドロの結婚生活は今や破綻していた。同居していた妹の死で、抱えてしまった借金に困り果てた彼女は夫に助けを求め…。

(新書 初版:R-1486)

『愛だけが見えなくて』
ルーシー・モンロー

ギリシア人大富豪ディミトリに愛を捧げたのに。アレクサンドラが妊娠を告げると、別れを切り出されたばかりか、ほかの男と寝ていただろうと責められて…。

(新書 初版:R-2029)

『幸せのそばに』
スーザン・フォックス

不幸な事故で大怪我をし、妹を亡くしたコリーン。周囲の誤解から妹の子供たちにまで嫌われ絶望する。そんな彼女を救ったのは、子供たちの伯父ケイドだった。

(新書 初版:I-1530)

『ちぎれたハート』
ダイアナ・パーマー

ノリーンの初恋の人、外科医ラモンが従妹と結婚してしまった。その従妹が不慮の死を遂げ、ノリーンは彼に憎まれ続けることに…。読み継がれるD・パーマーの伝説的な感動作!

(新書 初版:D-761)

※ハーレクインSP文庫は文庫コーナーでお求めください。